Foto: Gert Broser

es 1889
edition suhrkamp
Neue Folge Band 889

Doron Rabinovicis Prosadebüt *Papirnik* vereint zehn Geschichten, die ihre Herkunft nicht verleugnen. *Papirnik*, das sind Stories teils aus dem Wiener jüdischen Ambiente, zuweilen aus dem Kriminal, zuweilen surreal.

Der junge Autor Doron Rabinovici, dessen ungewöhnliche erzählerische Begabung zu entdecken ist, schreibt vor dem Hintergrund der eigenen Biographie, die den Blick auf Gebürtigkeiten und mißklingende Gegenwärtigkeiten geschärft hat. Amüsant-leichtfüßig und in elegant-plauderndem Ton erzählt, verkehrt sich alle Harmlosigkeit dieser Geschichten sehr rasch, und bizarr Unerwartetes oder Abgründiges tut sich auf: ein Bankier wird zum Finanzier eines Banküberfalls, ein Liebesbrief enthält die Geständnisse eines Serienmörders, zwei Blinde führen sich durch den Nebel, Frauen verlassen ihre Männer oder Freunde betrügen einander. Mühelos und unverkrampft versteht es Rabinovici, in seinen Stories von Liebe und Zeitgeistigem genauso wie von Tod und Bedrohlichem zu erzählen.

Doron Rabinovici, geboren 1961 in Tel Aviv, lebt seit 1964 in Wien. Er ist Historiker, streitbarer Publizist und veröffentlichte in Zeitungen, Zeitschriften und Anthologien.

Doron Rabinovici

Papirnik

Stories

Suhrkamp

edition suhrkamp 1889
Neue Folge Band 889
Erste Auflage 1994

Erstausgabe

Satz: Hümmer, Waldbüttelbrunn
Druck: Nomos Verlagsgesellschaft, Baden-Baden
Umschlagentwurf: Willy Fleckhaus
Printed in Germany ·

2 3 4 5 6 – 99 98 97 96 95

Papirnik

für Robert Schindel
und Sylvia Szely

in Erinnerung
an Michael Singer

Papirnik – ein Prolog

Es hatte geregnet. Papirnik wellte vollgesogen in der Tür. Lola lag auf dem Sofa und ratschte vergeblich mit einem Feuerzeug. Einen Zigarillo zwischen ihren Lippen, präsentierte sie ihre Beine über die Armlehne gekreuzt. Josef war aufgehumpelt und schleppte seinen Gipsfuß über den Teppich. Wütend warf er sich in seinen Mantel: Ein allerletztes Gefecht.

Erst als Josef endgültig gegangen war, flammte das Feuerzeug auf und entzündete nebst Lolas Zigarillo auch die Stehlampe. Lola sprang empor, Papirnik segelte an die Wand und schrie Ratschläge. Lola löschte den Brand mit zwei Achtel Weiß, lachte über den Erbleichten und schenkte wieder ein. »Lola, Du bist so unterhaltsam, ja richtig aufregend«, stammelte er und nippte an Josefs Glas. »Spiel nicht mit dem Feuer, Papirnik«, warnte sie ihn. »Nur ich bin hier Brandstifterin, denn ich bin auch die Feuerwehr. Du nicht!« – »Blaulicht«, stieß Papirnik mit ihr an.

Er hatte Lola vor einigen Wochen in einem stadtbekannten Lokal kennengelernt. Sie war an diesem Abend wieder direkt aus ihrem Atelier gekommen, wo sie an ihren Stahlfigurationen schweißte.

Papirnik hatte sogleich mit ihr über Keiser und die deutsche Kunstszenerie diskutiert. Dieser glatt gefalzte

Typ, der zu allen Themen Bescheid wußte, imponierte ihr nicht wenig.

»Ich bin die Feuerwehr, und du bist bloß meine wandelnde Enzyklopädie. Meine Bibliothek, sonst nichts«, stellte Lola klar.

Papirnik war zu klug, um zu verbergen, daß er die Frau verstanden hatte: »So passe Du, Kommandantin, um so besser auf: Die riesige Bibliothek von Alexandria ist zu Kleopatras Zeiten schon total abgebrannt und blieb für immer verloren. Du kennst mein Geheimnis nicht.« Lola überspielte ihre Verunsicherung, indem sie ihn verlachte.

»Schnupper mal an meinen Händen, Lola.« Lola beugte sich vor: »Erinnern irgendwie an gebleichtes Papier und frischen Leim. Bist Du etwa Buchbinder? Sag bloß!« Papirniks Augen triumphierten: »Horch erst mal mein Herz.« Lola legte ihr Ohr an seine Brust und lauschte seine inneren Echotöne ab. Sie erschrak: Kein Herzschlag war zu hören, doch deutlich vernahm sie ein Flattern und Rascheln unter dem Rippenkasten des Mannes:

»Ich bin kein Mann aus Fleisch und Blut«, hauchte Papirnik mit weinbeflaggtem Atem.

Er zog sich aus. Lola konnte es nicht fassen. Seine Brust füllten Bündel aus Buchseiten. Sie schienen in den Körper gezwängt oder aus ihm entstanden, in ihm gepreßt worden zu sein. Seine Wirbelsäule war die Rückenleiste eines Papierblocks.

Lola – fasziniert – strich mit ihrem Finger über den

Buchschnitt an seinem Brustbein und fuhr sodann sacht zwischen seine Seiten. »Papirnik, ich kann Dich ja lesen. Darf ich?« lächelte sie begeistert. »Alles Eigendruck«, raunte der Mann und entfaltete das erste Blatt.

Ab diesem Tag hatte Papirnik keine freie Minute mehr, und Josef endgültig ausgespielt. Lola war ihm mit Haut und Haar, er ihr außer Rand und Band ausgeliefert und verfallen. »Bin zur Zeit nicht zu sprechen. Völlig ausgebucht«, flüsterte sie auf ihren Telefonanrufbeantworter.

»Du hast mich aufgelesen«, sagte Papirnik. Sie entblätterte ihn und falzte Seite für Seite glatt. Sie konnte nicht genug kriegen. Sie verschlang Satz für Satz. Wühlte täglich nach neuen Werken, die in ihm verlegt waren.

Wochen, ja Monate vergingen. Papirnik war verändert. Auf Lola wirkte er zerfurchter und verbrauchter. Nicht mehr der Bläßling mit glatt gefalzter Naht. Sie hatte ihn mit ihren schönen und kräftigen Händen aufgeschlagen. Zerschlissen und zerlesen verlebte er die Tage.

Für Lola war er zu ihrem eigenen Erstaunen jedoch deswegen keineswegs abgebucht. Im Gegenteil: Sie stieß unentwegt auf neue Bände, die sich aus seinem Inneren fransten. Die alten Werke suchte sie trotzdem immer wieder auf. Schlug nach, wenn sie sich ihrer entsann; voller Angst vorm Vergessen. Sie fuhr die vertrauten Sätze lang und strich die ihr bedeutsamsten Stellen rotstiftig hervor. Sie ließ sich alle Schriften, die verzeichnet waren, von ihm ausheben, förderte aber auch selbst die erlesensten Papiere zutage.

Wenn sie einmal dennoch der Lektüre müde wurde, tollten sie miteinander. Danach lachten sie immer, wenn Lola von oben bis unten voller Druckerschwärze war.

Lola errang im Laufe der Zeit erstaunliche Fertigkeiten. Sie entzifferte alle Zeichen, auch jene der Zeit und jene an der Wand. Mit Leichtigkeit konnte sie Tapetenmuster lesen, und Papirnik, der mit alldem nichts anfangen konnte, zweifelte allmählich an ihrem Verstand.

Später sollte Lola zur Chronistin einer dunklen Zukunft werden. Sie würde ihre Erinnerungen an Papirnik niederschreiben. »Ich kann Dich lesen«, würde Lola schriftlich festhalten. Aber all das sollte sich erst Jahre nachher zutragen und gehört eigentlich nicht hierher.

»Ich kann Dich lesen«, sagte Lola zu Papirnik. Eines Tages, es hatte schon lange nicht mehr geregnet, war Lola zwischen vorgeschichtlichen Papyrusrollen auf ein altes Pergament in ihm gestoßen.

Ungegerbte und gebeizte Haut, die in Säure haltbar gemacht worden war, hielt sie in ihrer Hand. Zeugnis einer anderen Epoche. Das Pergament war dicht beschrieben. Enge, spitze Zeichen – teils bildhaft, teils keilförmig und schwunghaft gezogen – zierten das Leder. Der Schriftzug schien nicht bloß mit Tinte, mit chemischen Stoffen, sondern auch mit Tusche, mit Körperfarben, aufgetragen zu sein.

Bei Erwärmung jedoch kamen neue und geheime Schriftbilder zum Vorschein. Da und dort war nicht eine

Feder über das alte Material gefahren, hier war der Text sogar eingeritzt. Manchmal noch tätowiert, war er andernorts bloß farblos in die Haut geschnitten.

»Diese Schrift: Du wirst sie nicht entziffern können«, preßte Papirnik hervor. Er lag da, aufgewühlt von Lolas Fingern. »Du wirst schon sehen, Lola. Du selbst bist das Zeichen. Keine kann das Geheimnis lösen. Du selbst bist die Hieroglyphe. Du bist mein in mir verwahrtes und mir selbst verschlossenes Rätsel.«

Lola glättete das Blatt, beugte sich über die Buchstaben und murmelte knapp, in fiebrigem Eifer: »Ich kann Dich lesen, Papirnik. Klar? Ich habe es Dir von Anfang an gesagt: Spiel nicht mit dem Feuer.«

Sie hauchte der unsichtbaren Geheimtinte Wärme ein. Langsam tauten neue Züge im Stoff, allmählich tauchte der gesamte Schriftblock auf. Sie fuhr den eingeritzten Mustern mit Fingerfarben nach.

Dann senkte sie sich über Papirnik, sog ihn auf, verschlang die Zeichen, schaukelte, wippte und wogte erregt sinnend über dem Text, sie fuhr ihn immer von neuem auf und ab und formte nach und nach Unsägliches mit den Lippen. Sie kaute einen Namen ohne Ton. Kein menschliches Wort ließ sich hier finden. Ihre Sprachkenntnisse schienen nicht auszureichen. Lola überkamen ein rasender Eifer und eine unbändige Gier. Mit einem Mal aber fand sie wieder zu ihrer Stimme. Schließlich brach es aus ihr heraus. Sie sprach, ja schrie das solcherart Verbuchte laut und vernehmlich.

Da hob ein Rauschen und Rascheln an, ein wütender Sturm. »Papirnik«, rief Lola erschrocken. Das Wort, das sie gefunden hatte, das aber seither wieder für ewig verloren sein wird, senkte sich in ihn. Es versengte die Schrift. Das Pergament begann zu glosen, es glühte auf in Rauch. »Ich hab's Dir doch gesagt«, schrie Lola verzweifelt auf. »Nicht mit dem Feuer spielen! Papirnik! Ich hab's Dir doch gesagt.«

Die Flammen schlugen hoch. Sie prasselten aus seinem Inneren hervor, und das Feuer durchfraß ihn. Halbverkohlte Seiten flogen brandig durch die Lüfte. »Papirnik«, wehte der Schrei Lolas noch einmal durch das Zimmer, bevor er zu Brand und Asche zerfiel.

Da raste ein Grollen hoch, und eine schnittige Stimme erklang. Über Mikrophone wurde lauthin verkündet: »Hiermit übergebe ich die Schriften Sigmund Freuds den Flammen«, und ein großer Jubel brandete auf.

war den ganzen Tag in Bewegung. Lisas Aktien standen gut, Tendenz steigend. Sie war wieder obenauf, alles war abgefedert und gepolstert. Sie kam den ganzen Tag nicht zur Ruh: die Bank.

Am späteren Abend saßen sie nach einem gemeinsamen Dinner in der Pianobar eines der vornehmsten Hotels der Stadt. Klaviertöne verklangen im roten Plüsch. Licht und Musik waren abgedimmt.

Fred war nun ganz Herr der Lage und sog an seiner Zigarre. Frauen wie sie hatten ihn, Fred, der seit zwei Jahren ein wenig dicklich geworden war, bisher ungelenk erscheinen lassen.

Auch als er Lisa das erste Mal erblickt und seine Augen nicht von ihr hatte lassen können, war er, Fred, versunken in jene schaumige Ohnmacht. Es war erst einige Tage her, da war sie in sein Mittagsrestaurant gekommen, in welchem er ein Geschäftsessen arrangiert hatte. Sein Kunde war unpünktlich und hatte ihn, Fred, der er ebenfalls regelmäßig fünf Minuten zu spät kam und deshalb unentwegt von Gewissensnöten gequält war, wie immer warten lassen.

Lisa war einfach an seinen Tisch gekommen und hatte sich ungefragt zu ihm gesetzt. Sie hatte sich wohlig hingeräkelt und verzog herausfordernd die Augenbrauen, als er sie darauf aufmerksam hatte machen wollen, daß der Platz reserviert sei.

Er, Fred, hatte – in einer Laune, die er vor sich selber als zuvorkommende Höflichkeit auszugeben versuchte – schweigsam einen Rückzug probiert. Er war den Ober um einen anderen Sitz angegangen, doch Lisa hatte ihm bloß bedeutet: »Solche Angst, mit mir alleine zu bleiben, Franz-Ferdinand?« Er hatte nur noch hervorstammeln können: »Ich heiße Fred«, und so war auch das geklärt.

Lisa hatte ihn alsbald aus dem Lokal bugsiert, nicht ohne ihren muskulösen Körper eng an den seinen zu schmiegen, und er, der sich seiner zusehends sicherer wurde, war ihr willig gefolgt und hatte zum ersten Mal, wie ihm vergnüglich bewußt wurde, einen Geschäftspartner versetzt.

Lisa – von der gesagt wurde, daß sie in Wirklichkeit Hildegard heiße –, Lisa war dauernd auf dem Sprung. Sie lag auf der Lauer, und niemand wußte, wonach sie im nächsten Moment gieren würde. Sie war in den letzten Wochen in einigen Lokalen der Stadt gesehen worden. Lisa war aufgefallen. Die Frau mit blasser Haut und roten Haaren hatte sich mit wechselnden Zeitgenossen blicken lassen, und ihr jeweiliger Begleiter war von ihr auserkoren, erwählt worden. Niemand konnte ihr allzu nahe kommen, und jener Herr, der ihr einige Abende nachgestellt hatte, erschien eines Tages mit schrundiger Lippe und blauem Auge.

Von alldem konnte und wollte Fred nichts wissen. Er war sogleich in den Bann dieser Frau geraten und war ihr, dem blitzgrünen Blick und ihrer Straffheit, mit der sie ihn durch die Gassen der Stadt zog, so sehr verfallen, daß er als einziger es nicht merkte. Seit zwei Tagen ließ er sich in der Filiale nicht mehr sehen.

Inzwischen hatte das Klavier ein Gershwin-Potpourri intoniert. Lisa leerte ihren Wodka mit einem Ruck und stand auf, um, wie in jeder Nacht zu dieser Zeit, die Toilette aufzusuchen. Als sie sehr schnell darauf zurückkam, drückte sie ihm einen Kuß auf die Wange, nicht ohne einige hastige Erklärungen zurückzulassen, und verließ das Lokal.

Fred blies den Rauch seiner Zigarre zu Ringen. »Hast Du es noch nicht gemerkt, Fred?« Der Mann war plötzlich auf ihn zugetreten. »Wie meinen?« fragte Fred.

»Fred, kennst Du mich nicht mehr?« – »Verzeihung?« Fred äugte forschend. »Ich bin es: Heinz. Komm, Alter, Du weißt doch noch: damals in der Schule. Ich bin's: der Heinz.« – Fred sagte: »Ach, ja«, und dachte angestrengt nach.

»Fred, kennst mich doch glatt nicht mehr.« – »Aber ja doch«, log Fred.

»Fred«, setzte sich der Fremde zu ihm: »Hast Du es noch nicht gemerkt?« Fred wurde es ungemütlich: »Wie bitte?« – »Sie sind hinter Dir her, Fred«, raunte Heinz und fragte: »Seit wann kennst Du sie denn?« – »Ich verstehe nicht.«

»Ist es Dir nicht aufgefallen? Immer wenn ihr hier seid, verläßt sie nach dem Drink den Tisch. Sie wird Dir wohl erzählen, daß sie auf die Toilette geht.« Er wartete die Bestätigung nicht ab: »Ich bin ihr nachgegangen: Sie telefoniert – mit einem Mann. Ganz klandestin. – Was mich das angeht? Denkst Dir: Kommt einfach einer auf Dich zu und spricht Dich an. – Hast Du mich wirklich nicht erkannt, Fred!?«

»Na und«, wurde Fred ärgerlich und versuchte jede direkte Anrede zu unterlassen. »Dann telefoniert sie eben. Was heißt das schon.« – »Erinnerst Du Dich noch an den Rudi Schlick? Wie wir den einmal in den Zug nach Paris gesetzt haben?«

Fred sagte: »Rudi Schlick. Natürlich. Dem haben wir es gezeigt damals. Nach drei Monaten hatten wir den wieder hinausgeekelt, aber mich haben sie daraufhin ins Internat geschickt.« – »Ach, ja«, lächelte Heinz kurz und flüsterte sodann: »Sie sind hinter Dir her, Fred. Verstehst Du: Lisa – oder wie sie heißt. Niemand weiß Genaues über sie. Sie ist ein Vollprofi. Ich sage es Dir nur aus alter Freundschaft.«

»Moment«, versuchte Fred nun Ordnung zu schaffen: »Wer soll hinter mir her sein?« – »Wenn Du es mir nicht glaubst, ist das Deine Sache, Fred. Dann brauchst Du Dich aber nicht zu wundern, wenn Du endest wie jener, den sie vor einiger Zeit ...«, er machte eine endgültige Handbewegung. – »Lisa?!« lachte Fred ungläubig auf.

Heinz bestellte sich einen Wodka und sagte: »Fred, erinnerst Du Dich noch, wie wir das Skelett aus dem Fenster in den Hof hängen haben lassen? Die Elle ist damals auf dem Pflaster zerschellt.« – »Ob ich mich erinnere? Die Kürsten hat doch den Skandal gemacht. Wir wären beinahe aus der Schule geflogen, und sie hat gesagt, dafür hätte ihr Vorgänger, wie hieß er noch ...« – »Schrack.« – »Ja, genau«, staunte Fred. »Wie Du das alles noch weißt,

Heinz ... dafür hätte der Schrack nicht seinen Körper der Wissenschaft gespendet. Dafür nicht.« Sie lachten laut auf, und Heinz fügte hinzu: »Und der Pöschl Thomas sagte ihr noch: ›Seien Sie froh, daß wir nur die toten Lehrer hängen, Frau Professor.‹«

Als sich das Gelächter gelegt hatte, begann Heinz von neuem: »Ist Dir in den letzten Tagen nichts aufgefallen? Hast Du nicht gemerkt, daß Dir irgendeiner folgt? Daß Dir irgend jemand immer wieder über den Weg gelaufen ist?«

Er, Fred, der sich seiner zusehends unsicherer wurde, dachte nach: »Vielleicht. Ich weiß nicht.«

»Na, eben«, wurde Heinz gefährlich still. »Sie sind hinter Dir her.« – »Wer?« fragte Fred. Ihm schien die Affäre der letzten Tage mit einem Mal auf eine unbestimmte Weise höchst unangenehm. – »Ich weiß nicht. Irgendwer. Das hängt davon ab, was Du so tust. Die Polizei vielleicht, ein Geheimdienst oder eine Verbrecherorganisation. Hängt davon ab, was Dein Job – oder Deine Deckung ist.«

Fred war von Unruhe erfaßt: »Ich bin bei der Bank. Ich arbeite einfach nur in der Bank.« Heinz rief den Ober, ließ Fred, der stumpf vor sich hin stierte, die gemeinsame Rechnung begleichen. Heinz sagte: »Rudi Schlick. Erst zwangen wir ihn, sich zu betrinken, und dann haben wir ihm weisgemacht, wir würden in die Berge fahren. Rudi Schlick. Dann saß er im Zug nach Paris und wollte danach – vier Monate, nachdem er zu uns gekommen war – nur noch in eine andere Schule.« Heinz klopfte Fred auf die Schulter, aber der hörte nicht mehr hin, war still, bleich, in sich zusammengesunken.

An der Garderobe holten sie ihre Mäntel. Heinz beruhigte ihn: »Keine Angst. Die Sache mit Lisa regle ich.« – »Bist Du etwa bei der Polizei?« fragte ihn der Freund. »Draußen«, bedeutete ihm Heinz und schritt voran.

Es nieselte. Fred begann, über seine Karriere in der Bank zu berichten. Er war als Filialdirektor in den Vorstand vorgestoßen, wurde dort ob seiner Unerfahrenheit von manchen Älteren mißtrauisch beäugt, wegen seiner Jugendlichkeit wiederum von anderen geschätzt. Heinz aber wußte bereits Bescheid, gratulierte ihm zu seinem Erfolg, und Fred dankte geschmeichelt.

»Nein, ich bin nicht bei der Polizei. Ich habe auch viel Geld gemacht. Du wirst es nicht glauben, Fred: Ich bin Bankräuber.« Der Banker war plötzlich stehengeblieben.

»Erinnerst Du Dich an Nizza 1982? War ich, Fred. London 1984. Ebenfalls: Meine Gruppe. Marseille 1985. Rom 1988. Alles wir, Fred – und ich als Chef. Die größten Coups Europas gehen auf meine Kappe.«

So unglaublich die Geschichte auch klang, Fred begann jenem Mann, dem er so lange mißtraut hatte, nun alles abzunehmen. Tatsächlich, je länger er Heinz betrachtete, um so klarer wurde ihm: Heinz – den er noch als Jugendkamerad gekannt hatte, daran konnte er sich jetzt immer deutlicher entsinnen – hatte zum organisierten Verbrechen gefunden.

»Du glaubst mir wohl nicht«, meinte Heinz und zog Schmuck aus der Tasche. »Vielleicht aber erkennst Du diese Brosche wieder, die 1990 aus einer Galerie in Paris gestohlen wurde und seither nie mehr auftauchte.«

Der Regen war dichter geworden und drang durch den Stoff der Mäntel. Heinz winkte einen schwarzen Mercedes herbei und nannte, ohne Fred deshalb noch in Staunen versetzen zu können, dem Chauffeur die Adresse des Bankiers.

»Ich bin Banker. Warum erzählst Du mir das alles?« fragte Fred. – »Es ist wieder soweit«, führte Heinz aus. »Ich bin wieder in der Stadt, um einen Bankraub zu machen.«

»Ich bin Banker, Heinz!« – »Schön! Du bist mein einziger Jugendfreund in derselben Branche, Fred. Es handelt sich um eine Konkurrenzbank und zufällig um die Filiale Deines persönlichen Rivalen: Ralf Kessler. Ja, Fred: Bei Kessler wird geräumt! Wir werden mächtig viel Spaß haben.«

»Wir? Heinz, ich bin Banker!« repetierte Fred. – »Du fragst Dich«, gab sich Heinz verständnisvoll, »was Du zu schaffen hast mit diesem Ding. ›Wie‹, denkst Du Dir wohl, ›kann ich denn meinem alten Freund helfen bei seinem Dreh?‹ Was geht's Dich an: Du bist ja Bankier. Ein wohlbekannter noch dazu. Nun, lieber Fred, Du hast eben keine Ahnung. Das ist kein billiger Raub, der in irgendeiner Gosse abläuft. Hier wird kein Bruch geplant, bei dem sich einige Ganoven mit Hammer und Meißel nachts vor einer Kellerluke treffen. Das soll kein Kassaraub werden.« Heinz hatte enragiert gesprochen, nun aber legte er leise nach: »Organisation, Fred! Ohne Organisation ist nichts. Nur Professionalität zählt. Das ist kein Abenteuer. Ich, Fred, habe seit 1984 nur im Hintergrund gewirkt. Die Handarbeit machen andere. Das ist kein Diebstahl im Supermarkt. Das ist eine Transaktion über internationale Verbindungen.«

»Ich freue mich für Dich, Heinz«, murmelte Fred. »Ihr leistet sicherlich großartige Arbeit. Aber ich weiß nicht, worauf Du hinauswillst. Ich bin Banker«, doch da waren sie bereits bei seinem Haus angekommen. Im Salon ließen sie sich nieder.

»Es ist wie eine Geschäftsaktion«, erklärte Heinz nun wieder ganz sachlich. »Um so etwas penibel zu planen und durchzuführen, brauchst Du, Fred, wenn Du es wirklich gut machen möchtest, Kapital. Ohne finanzielle Absicherung kannst Du eine solche Inszenierung heute nicht mehr abwickeln. Unsere Branche läuft über Geldanlagen. Investitionen, die sich mehrfach lohnen.«

»Du willst...«, sprach er, Fred, fassungslos vor sich her, und Heinz vollendete: »...einen Bankkredit.«

»Heinz«, wollte Fred wiederholen, doch Heinz unterbrach: »Ich weiß, Fred, Banker. Das ist kein Überfall mit Fluchtautos, kein Diebstahl. Das ist Business. Wir werden in das Innerste der Bank stoßen. Es geht um die berühmten Tresore des Kesslerunternehmens, um jenen Trakt, der unter elektronischer Bewachung steht. Wir entzaubern die Institution. Es wird ein Akt pekuniärer Magie.«

»Heinz: Ich bin doch Banker. Rudi Schlick, Schulskelett, mein Gott, Heinz, das ist alles schon sehr lange her. Ich bin jetzt Banker. Jedes Konsortium ist am allgemeinen Vertrauen der Kundschaft interessiert. Da gibt es keinen Unterschied: Es geht um das System der ganzen Branche. Wir müssen – ob wir wollen oder nicht – zusammenhalten.«

Der Jugendkumpan aber zwinkerte seinem Kompagnon einstiger Streiche zu: »Hier geht es um eine längst erprobte finanzielle Transplantation nach neuesten Erkenntnissen. In anderen Ländern sind solche Methoden schon genauestens erforscht.«

Heinz fuhr fort: »Die Operation zielt gegen Kessler. Seine Reputation soll getroffen werden. Dein Konkurrent wird nicht nur beraubt, sondern verkohlt.«

Als Fred Zweifel an der Durchführbarkeit des Coups anmeldete, rief Heinz über Funktelefon nach Victor: »Komm rauf, aber ohne zu läuten.« Kurz nachdem Victor die Haustür mit einem Dietrich geöffnet hatte, war der Safe des Bankiers, den er selbst, Fred, für unknackbar ausgegeben hatte – »Heinz«, hatte er felsenfest behauptet, »ich bin Banker. Der Kasten ist einbruchssicher« –, von Victor wieder verschlossen worden. Nicht das Öffnen der Panzertür, sondern daß Victor die Alarmanlage, die er gerade vorher außer Kraft gesetzt hatte, nach verrichteter Arbeit neuerlich einschaltete, überzeugte den Bankdirektor Fred Sölle endgültig von der Kredibilität seines Gastes und dessen Untergebenen.

»Dennoch«, lehnte Fred Sölle, als Victor nach dieser eilfertigen Vorstellung sich wortlos und nur mit einem leichten Nicken des Kopfes verabschiedet hatte, zögerlich ab. »Wozu sollte ich mitmachen. Ich habe ein bürgerliches Leben und einen ordentlichen Verdienst. Ich habe ein Haus und einen guten Ruf.« – »Du hast es vielleicht noch nicht begriffen: Wir wollen nicht nur der Konkurrenz schaden. Verstehe doch: Der Kredit kommt von Deiner Bank, Dein Anteil aber geht direkt an Dich. Fred,

Du bist völlig ungefährdeter, stiller Teilhaber und schneidest mit. Denk bloß: Läßt sich alles voll absetzen, Fred. Besser gesagt: Ist steuerfrei. Fred, wir werden mächtig viel Spaß haben.«

Fred paffte eine Zigarre an. Die Geldanlagen waren gut abgefedert. Die Bank war finanziell gepolstert und die ganze Zeit in Bewegung. Fred Sölle war obenauf. Warum sollte er nicht einer großen Chance wegen ein wenig riskieren. Die Aktien standen schließlich hoch, Tendenz steigend.

Später im Mercedes schlugen die Scheibenwischer einen asynchronen Takt, und Louis, den Fred Sölle unter dem Namen Victor kennengelernt hatte, fragte mit starkem Akzent: »Wann kann die Sache steigen?« – »Ist schon gestiegen, Louis. Dein Coup ist Dir sicher. Könntest Du Lisa, falls Du sie siehst, bitte sagen: Ich komme um elf.«

Er entstieg dem Wagen und verschwand in einer Bar unweit jener im nächtlichen Dunkel verbarrikadierten, blindgeschlossenen Marktstände, unter denen sich in der Erde ein Fluß wälzte, der in den letzten Regentagen stellenweise aus den Kanallöchern getreten war.

Um halb zwei war Heinz endlich zu Hause angekommen. Lisa, die einst Hildegard geheißen hatte, küßte fortissimo und gurrte: »Wie immer, Harry?« – »Wie immer«, feixte Harry und ließ sich ins Sofa fallen. Lisa durchstreifte das Zimmer: »Wann steigt die Sache?«

»Ist schon gestiegen, Lisa«, schmunzelte er und sah ihr baffes Gesicht: »Wir nehmen den Kredit und in einer Woche den Expreß nach Barcelona.« – Lisa füllte zwei Gläser mit Wodka, stellte sie auf den Tisch und fragte: »Wieso denn?!« – »So begreif doch, Lisa. Heute brauchst Du für alles einen Kredit: für ein Geschäft, für ein Haus, für eine Ehe und die Scheidung, für eine Theaterinszenierung und einen Film.« – »Und für einen Bankraub!« beharrte Lisa streng.

»Der in diesem Fall unser Kredit ist.« – »Und Fred?« – »Ist hilflos, weil selbst als Räuber überlistet. Es ist ganz einfach: Die Banker werden uns in Kauf nehmen. Sie werden lieber zu unseren Komplizen, um selbst verschont zu bleiben. Um frei von Überfall und Einbruch zu sein, finanzieren sie unser Leben.«

»Und das geht?« wunderte sich Lisa. – »Und ob«, triumphierte Harry. »Hier in dieser Stadt kann alles geschehen, solange nur ja nichts passiert.« Mit dem Ringfinger klopfte Lisa ein Stakkato auf den Tisch, rümpfte die Nase und runzelte die Stirn: »Das ist doch nur ein Scherz, Harry. Ich warne Dich. Versuch nicht, Louis zu legen. Das geht nicht.« Harry schmunzelte mit einem Mal: »Stimmt. Es ist ein Scherz. Die Sache steigt, aber wir sind dann schon auf dem Weg nach Barcelona. Unser Zug geht in einer Woche.«

Lisa rollte begeistert die Augen und zitierte: »Angst, heute nacht mit mir alleine zu bleiben, Franz-Ferdinand?« – »Ich hei . . . heiße Fred«, imitierte Harry – und so war auch das geklärt.

Harry sagte: »Ich bin kein Bankräuber«, Lisa war hereingekommen, setzte die Kaffeetassen ab, und Louis schob den Unterkiefer vor, strich mit der Zunge über den Moustache und blickte ihr nach, bis sie verschwunden war.

Harry begann von neuem: »Ich bin kein Bankräuber. Ein Seminar in Projektmanagement wolltest Du? Eh bien, voilà.« Louis legte den Stift aus der Hand, sog laut Luft durch ein Loch zwischen den Zähnen und schnalzte mit der Zunge. Vor ihm stand der Flip Chart mit Netzplan, ein Overhead leuchtete ein Funktionsdiagramm an die Wand, der Computer surrte.

Louis sagte: »Einen Heinz zu markieren, Dich unkenntlich zu machen, Dein Äußeres zu verändern und die Stimme, Harry, Fred Sölle zu legen, das hat Dir doch Spaß gemacht?« – »So?« – »Du ein Seminarleiter? Ein Wissenschaftler? Come on, Harry, Du bist im Spiel.« – »Und passé. Vergiß es, Louis. Einmal hab' ich mich breitschlagen lassen. Nenne es: persönliche Gründe – was weiß ich. Jetzt ist Schluß. Die neuesten Organisationsmodelle? Die modernsten Soziotheorien? Eine Supervision für Dein Team? Nun gut. Aber mehr ist nicht.«

Louis ahmte ihn nach: »›Ist doch schon gestiegen, Louis.‹ ›Die Sache ist doch schon gestiegen, Louis.‹ Spricht so der objektive Wissenschaftler?« – »Na, und? Der Clou reizt mich, klar, auch das Knifflige...« – »...und das Geld. Bei mir bekommst Du mehr als sonstwo«, ergänzte Louis. »Und das Geld«, wiederholte Harry. »Aber ich bin kein Bankräuber. Du bist drinnen, aber mich laß draußen.«

»Feigling«, schrie Louis ihn mit einem Mal an, woraufhin Harry meinte: »Und ob.« – »Und Lisa«, fragte Louis, sog wieder Luft durch sein Loch zwischen den

Zähnen und schnalzte mit der Zunge, doch Harry wies auf den Netzplan und sagte bloß: »Komm schon. Es wird eng.«

Im Zuge einer soziologischen Studie über Bankverbrechen war er an Louis geraten – und hatte dabei auch Lisa kennengelernt. Die Untersuchung war noch zu keinem Ende gekommen, und Harry zweifelte, ob er seine Ergebnisse je würde veröffentlichen können.

Lisa sagte: »Spielen wir Zigaretten? Du gibst«, und ehe er ihr die Gauloises anbot, hatte das Interview bereits begonnen. – »L., weiblich, fünfundzwanzig Jahre alt.« – Mit den Fragen hatte er einem von ihm ausgearbeiteten Leitfaden folgen wollen, aber sie riß das Gespräch an sich und nahm ihn mit.

Schon in ihren Mädchenjahren hatte sie das Elternhaus, ein Erbstück am Rande der Großstadt, oftmals ohne Erlaubnis, stundenlang, verlassen, um mit den Kindern der benachbarten Siedlung im Teich nackend baden zu gehen. »Sie ist wieder ausgerückt«, klagte die Mutter, und der Vater, Beamter des Justizministeriums, seufzte, rief nach Georg, ihrem Bruder, und grollte: »Herrgott, Georg, Du bist doch der Ältere, der Vernünftigere, kannst Du denn nicht auf Deine Schwester achten?!«

Abends stahl sie sich heim, still, schuldig, klammgefroren, und der Vater herrschte sie an, doch kaum sah er sie, stupsnasig, rothaarig, weinen, wurde seine Stimme sanfter.

Papa sagte: »Hildchen, was soll nur aus Dir werden?

Wann wirst Du je vernünftig?« Sie suchte nie nach Entschuldigungen, sondern schmiegte sich zittrig an ihn.

Mit siebzehn hatte sie sich verliebt, zog umher mit einem ehemaligen Klassenkameraden, der wegen Kiffens aus dem Gymnasium verwiesen worden war, verbrachte die Vormittage mit ihm, versäumte alle Prüfungen, brach die Schule ab.

Der Vater schreit. Sie lehnt im Türstock und preßt sich gegen den Holzrahmen, die Augen zur Decke gerichtet. Er schreit sie an. Er sagt: »Hildegard, bist Du jetzt vollkommen verrückt geworden? Wirst Du denn nie vernünftig?« Sie antwortet bloß: »Hoffentlich.« Doch da ohrfeigt er sie.

Noch am selben Tag verließ sie das Haus, tauchte unter und hatte die Familie, hatte den Justizbeamten, der ihr Vater war, nie wiedergesehen.

Nicht, daß Lisa sich hatte gehenlassen, doch brauchte sie zur Liebe das Abwegige. Sie setzte auf den Außenseiter, weil sie immer nur Favoritin gewesen war. So war sie an Louis geraten, und so war sie auch Harry verfallen, dem Außenstehenden, der aus der Wissenschaft kommend seiner Forschung nachging und den es – gleichsam auf einer Expedition – in die Halbwelt verschlagen hatte.

Harry aber versuchte, sich auf sie und ihr Leben einzulassen. Er mühte sich einzutauchen, abzutauchen ins Kriminal. Er war auf Tauschhändel mit Louis eingegangen und hatte sich bereit erklärt, die Studienmöglichkeiten mit wissenschaftlichen Seminaren zu entgelten. Er war sogar einverstanden gewesen, mit Fred Sölle in Kontakt zu treten, nicht aber ohne vorher mit Louis eine Analyse dieses Treffens, der Kommunikationsstruktur und der Interessenverhältnisse zu erstellen.

Nachdem er Fred an jenem Abend überredet hatte, in den Bankraub zu investieren, sprach er mit Lisa jedes Detail noch einmal durch. Er schärfte ihr ein: »Besser, Du triffst Fred auch weiterhin. So bleibt er unter unserem Einfluß. Aber Du darfst mich unter keinen Umständen kennen, und falls es doch notwendig sein sollte, unsere Verbindung einzugestehen, dann heiße ich nur ›Heinz‹. Verstanden?«

Fred hatte das Geld bereits überwiesen, und Harry betrat lächelnd das kleine schwarzgetäfelte Ecklokal mit billigen Kopien alter Stadtansichten an den Wänden. Ein Mann am Ausschank bestellte ein Bier. Das Zimmer lag im Dunkel, einige Lampen spendeten fahles Licht.

»Alles glattgegangen, die Sache wird steigen. Weiß nicht, wann, ist mir auch gleich. Am Donnerstag sitzen wir beide schon im Zug nach Barcelona«, sagte Harry und setzte sich zu Lisa.

Sie hatte ihn erst nicht bemerkt, ließ nun die Zeitung sinken, legte sie flach vor sich hin und starrte auf das Blatt. »In tiefer Trauer geben wir bekannt, daß unser geliebter Ehemann, Vater, Großvater HOFRAT DR. EBERHARD GRAUMANN nach schwerem Leiden von uns gegangen ist. Das Begräbnis findet im engsten Familienkreis statt.«

Lisa sagte: »Papa ist tot.« Ihm fiel auf, daß sie das Wort, daß sie »Papa« – anders als sonst – auf der zweiten Silbe betont hatte, als Nachruf und Echo der früheren Anrede oder als Krebsgang, als Umkehr der kindlichen Melodie.

Lisa sagte: »Papa ist tot, merkwürdig: Sie haben überall nach mir gesucht, haben mir nachgestellt, wollten mich ausforschen, ließen fahnden nach mir, niemals aber, scheint es, dachten sie daran, mir zu übermitteln, mir zukommen zu lassen, daß er krank ist – oder krank war. Ich hatte keine Ahnung. Er war immer gesund. Die Konstitution habe ich von ihm. Er war mit mir, nie mit Georg, immer nur mit mir schwimmen gegangen. Der Teich war im Herbst bitter kalt, aber uns beiden konnte das nichts anhaben.«

Sie sprach zusehends schneller, als drohe sie zu kippen und hoffe auf den Antrieb ihrer Worte, auf den Rückstoß der Rede, um aufrecht zu bleiben, geriet aber ebendeshalb ins Ungleichgewicht. Es war, als renne sie sich frei wie ein Käfigtier im Laufrad und drehe dabei durch und käme aus dem Schritt und wirble kopfüber.

Sie sah ihn sie betrachten. Er versuchte, die Witterung ihrer Worte aufzunehmen, da dem von ihr Bedeuteten folgen zu wollen sinnlos, ein Umweg gewesen wäre. Geradlinig hätte er sich nur verlaufen, weil sie unentwegt Haken schlug und die angegebene Richtung fortwährend änderte. Er mußte ihr auf der Fährte bleiben, allen Ablenkungen zum Trotz.

Lisa sagte: »Vernünftig wollte er immer sein und ein strenger Vater . . ., aber dafür war er wiederum zu leicht zu erweichen. Er hat mich nie geschlagen«, da umarmte Harry sie. Und sie ging ihm an den Kragen.

Am Donnerstag stand er zur vereinbarten Zeit auf dem Bahnhof, den Koffer in der einen und die Aktentasche in der anderen Hand, und wartete auf Lisa. Erst glaubte er, zu bemerken, daß Zugansagen auf allen Bahnhöfen gleich klängen, sich jedoch vollkommen anders anhörten als die Durchsagen auf Flughäfen, die ihm ebenfalls überall auf der Welt mit derselben Frauenstimme, im selben Tonfall, gesprochen schienen.

Bald aber entließ ihn dieser beschauliche Gedanke, und keine weitere beruhigende Ablenkung, keine andere Assoziation ließ sich noch aufrufen. Er war wie ein Stofftuch, das in ein Glas netzender Flüssigkeit gehalten wurde. Das Warten durchtränkte ihn und sog ihn auf.

Er rief bei ihr an, aber sie war nicht zu Hause. Bald schon schoß in ihm ein Verdacht hoch. Fred Sölle hatte bereits nach dem ersten Läuten den Hörer abgehoben. »Hallo, Fred, alter Junge. Weißt Du noch, wer spricht?« – »Heinz? Sie ist da, Heinz. Hildegard ist bei mir. Sie wird hier bleiben.«

Als die Antwort ausblieb, fragte Fred: »Willst Du sie sprechen?« – »Ja«, und schon sagte sie: »Er weiß alles«, und fügte in langsamer Betonung – deutlich – hinzu: »Heinz. – Fred weiß alles – Heinz!« – »Warum willst Du nicht mit mir kommen, Lisa? Barcelona, Lisa«, flüsterte er. »Ich weiß nicht – Heinz. Vielleicht, weil, solange nichts passiert, in dieser Stadt alles geschehen kann.« Er legte auf, nahm die Aktentasche mit seinem Lohn in die eine, den Koffer in die andere Hand, setzte sein leichtestes Lächeln auf und schleppte sich zum Waggon.

Erst Stunden später sollte er bemerken, daß er, Rudi Schlick, – verwirrt – auf dem falschen Bahnsteig zugestiegen war. Rudi Schlick saß wieder allein in einem Zug nach Paris.

Noémi

Eigentlich hatte er an jenem Tag endlich mit ihr sprechen wollen, aber mit zwei Zungen im Mund ist schwer reden. So beließen sie es bei ihrer Doppelzüngigkeit und warfen sich aufs Bett, aus dem alte Gefühle aufstaubten.

Von der Diskussion im neuen Institutsgebäude der Universität hatte er nur zufällig erfahren. Ein gelbes Plakat hatte eine Veranstaltung über Palästina angekündigt. Georg sagte: »Merkst Du es? Sie können Worte wie Jude oder Israel nicht aussprechen. Verstehst Du?«

Amos war es leid, zu antworten.

Irgendeiner fragte: »Was ist denn am Judentum lebenswert?« – »Ja, natürlich: Lebenswert«, intonierte Georg. Amos merkte, daß Georg rot anlief, während Georg jedoch übersah, daß Amos blaß geworden war: »Dir fällt wohl nichts auf?«

Amos sagte: »Ich zum Beispiel bin lebenswert.« Sodann erblickte er sie und verstummte.

Auch der antizionistische Student schwieg. Das Unsagbare kauerte auf seiner Zunge, saß sprungbereit zum nächsten Satz in die Tiefe. Hier stand er vor diesen Zionisten, konnte gegen alles mögliche protestieren, doch kaum kritisierte er Israel, schon kramten die wieder das Opfer hervor.

Sie lächelte Amos an, ohne ihren Mund zu verziehen. Es war, als fiele mitten im Kino der Ton aus und ein

Film liefe stumm weiter. Er fragte, während sich Georg so selbstlos um sein gegnerisches Auditorium bemühte, nach ihrem Namen. »Noémi.« Daraufhin hatte er sie eingemeindet und alles darangesetzt, sie wieder zu treffen.

Am Abend schrieb Amos in sein Tagebuch: »Solche jungen jüdischen Frauen rühren mich, der mir doch von meinen Eltern der Traum von dem lieben Mädele am Sedermahl ans Herz gespiegelt wurde, solche Leuchtreklamen jiddischer Intimität rühren immer an die Sehnsucht nach inzestuöser Vereinigung, an die Vision von geschwisterlicher Eintracht inmitten einer fremden Welt.

Die Liebe um Ghettos Willen kann jedoch nicht lokken: innerjüdische Verliebtheit beinhaltet zumeist auch das Eingeständnis einer Kapitulation vor dem Leben außerhalb. Jüdische Söhne und Töchter, sie sind einander schon vor der Geburt versprochen, sie bemühen sich so redlich umeinander, daß kein unanständiger Gedanke aufzukommen vermag. Wer sich zugetan ist, weil er und sie anderen abgewendet bleiben muß, kann nicht mehr an Romantik, an Einzigartigkeit in Sachen Liebe glauben. Die ganz andere Art der Einmaligkeit, die Auswahl nach dem Kriterium der Auserwähltheit, wird hier verlangt.

So gesehen bleibt nur der historische Kompromiß: Die Verschwörung, aus der gemeinsamen Herkunft eine eigenständige Zukunft zu gestalten. Eine Frau, Jüdin, stürzt sich in die Welt, die uns gegenübersteht, und sprengt den Kreis, die Kette, die uns gefangenhält.

Solch eine Frau paßt nicht in die Winkel der jüdischen Gasse. Sie tritt nach außen, trägt aber noch die Prägungen jener Ecke an sich, der sie entstammt und der auch ich entstamme, ohne ihr gänzlich entwachsen zu können.«

Eigentlich hatte er an jenem Tag endlich mit ihr sprechen wollen, doch sie züngelten die alten Flammen hoch, hauchten sich die Glut in die Wangen, und in ihren Körpern wallte noch einmal Wärme auf. Sie sagte: »Vielleicht wäre ein wenig Distanz gut für uns«, und er umfaßte sie in großer Einmütigkeit. Seit Monaten schon trennten sie sich. In seinem Rippenkäfig spannte sich eine Ziehharmonika und klirrte Akkorde. Es wurde heftig.

Später, als die Nacht aus den Ecken des Zimmers gekrochen kam, setzte Noémi erneut zum Sprung an: »Vielleicht wäre ein wenig Distanz gut für uns.« Amos schrie auf: »Willst Du es zerstören?« Ihre Achseln klappten hoch, ihre Arme legten sich an die Brust, und sie schüttelte den Kopf, als ob sie ein lästiges Getier abwehren wollte. »Du wirst uns noch zerstören«, prophezeite Amos drohend, worauf sie bloß nickte und sich die Brauen strich.

Georg hatte bereits vor zwei Jahren gewarnt: »Sie wird alles zerstören. All unsere Pläne sind dahin.« Zwei Wochen nach der Veranstaltung an der Universität machte Amos seine neue Freundin Noémi mit Georg bekannt. Sie trafen einander im Café, dessen weite Scheiben auf das Monument eines stadtbekannten Antisemiten blickten und das zum Lieblingstreffpunkt der beiden Neunzehnjährigen geworden war. Noémi kam, woran Amos und Georg sich noch gewöhnen sollten, wie immer um eine halbe Stunde zu spät.

Georg fragte: »Wir wollten in einem Monat abfliegen. Hast Du unsere Pläne vergessen?«

Vor Jahren schon hatten sich die beiden in der Schule kennengelernt. Amos nahm ihn dann eines Tages – es war ein Samstag – mit, jenes exterritoriale Gebiet zu betreten, das ihr Mini Mundus wurde: die Jugendbewegung.

Sein Vater war Jude kommunistischen Glaubens gewesen, und nun wohnte Georg mit seiner Mutter, die nicht viel über diesen Mann, ihre einstige Liebe, reden wollte und die er sich zu fragen auch nie getraute. Manchmal erzählte sie ihm dennoch von seinem Vater, aber dann lag Georg im Bett und schaute auf jenes Foto, das er im Nachtkästchen verborgen hielt; schaute sich den Mann an, der im hochgeschlossenen Regenmantel, den Hut ins Gesicht gezogen, lässig ans Auto gelehnt dastand. Noch bevor er eingeschlafen war, hatte sich dieser gefrorene Moment über alles geschoben, was seine Mutter ihm bewegt verraten hatte. Nicht, daß er vergessen hätte, was ihm offenbart worden war, er konnte sich nur nicht erinnern, was er geträumt hatte von Vater und was von jenem Mann ihm berichtet worden war. Sein Gedächtnis verschraubte sich und zoomte alles in eine dunstig tiefe Ferne, sobald der Morgen hochzog.

In der Jugendbewegung suchte Georg vielleicht seinen Vater wiederzufinden. Hier entschied nicht Abstammung und kein religiöses Gebot, sondern allein jene Erblast des Geschehenen und die Bürde eigener Wahl, denn wie gespannter Stacheldraht schien die Geschichte zwischen ihnen und dem Rest der Stadt zu verlaufen.

Für Amos war der Samstagnachmittag jedoch vielmehr Übung für den Ernstfall, Planquadrat und Manöver. Sie diskutierten und schrieben Stücke, die sie auch aufführten. Eine kleine Zeitung gaben sie heraus und gliederten die Jüngeren in verschiedene Gruppen, Kwuzzoth, um sie schulen zu können.

Am Samstagabend stellten sie sich auf zu einem Mifkad, einem Appell, zählten ab, hörten sich Reden an, kamen sich wehrhaft vor und hatten metallischen Geschmack im Mund, wenn sie von Partisanen sprachen und vom Warschauer Ghetto.

Es gab zwei zionistische Jugendbewegungen in der Stadt, in die eine, die religiöse, schickten die Eltern ihre Kinder, und vor der anderen, ihrer, der linken, wurden die Jungen gewarnt, und das war das Geheimnis ihres Erfolgs.

Mit dem Gehabe der frühen Pionierzeit wußten sie nicht viel anzufangen. Ein Mitglied, hieß es etwa, »raucht nicht, trinkt nicht und bewahrt seine sexuelle Reinheit«. Sie hatten sich deshalb für eine beinah talmudische Auslegung dieses Gesetzes entschieden. Einer, es war Alex mit seinen Lungenproblemen, sollte die Finger von den Zigaretten lassen, einer sollte nicht trinken, und irgend jemand, ob nun ein Junge oder ein Mädchen, erfüllte immer, wenn auch unfreiwillig, den Rest des Gesetzes.

Während der Woche waren sie in das Schweigen der Stadt getaucht, am Wochenende aber trieben sie miteinander auf. Jene Verfahren, die vom Staat auf höhere Weisung unterdrückt und niedergeschlagen wurden, spielten sie in verteilten Rollen durch: Sie führten Gerichtsfälle auf und zwangen ihr Publikum zur Urteilsfindung auf die Geschworenenbank.

Ihre Reden waren erhitzt, doch nicht bebildert. Sie glühten nicht grell und glosten nicht dunkel. Die Sprache beschlug und wurde trüb. Zäh war sie geworden und voller Milch und Honig. Ihre Zungen sollten – so wünschten sie – Ochsenpeitschen sein, vor denen sich die Wörter krümmten. Sie lernten, die Sprache zu biegen.

Ein Kauderwelsch, ein Code, eine Mesalliance zwischen Deutsch und hebräischen Ausdrücken, hatte sich zwischen ihnen ausgebildet. Sie sagten: »Chawerim, wer macht heute Messibah«, anstatt: »Genossen, wer bereitet heute die Feier vor?« Sie sagten: »Wir machen eine chewratische Sicha«, und meinten, über Freundschaft, Intrige und Beziehungen zu diskutieren. Wollten sie in ihr Clubzimmer gehen, so begaben sie sich in »den Moadon«. Ihr Vereinshaus nannten sie »Ken«. Das heißt: »Nest«.

Tatsächlich hatte jenes Lokal, in dem sie sich trafen, etwas von einem Unterschlupf, von einem Nest, vielleicht zuweilen gar von einem Horst, aus dem sie eines Tages, flügge geworden, aufbrechen sollten, um sich aufzuschwingen. – »Sie wird alles zerstören, hörst Du?«

Zehn Tage nachdem er Noémi kennengelernt hatte, sprach er sie auf ihre Familiengeschichte an. »Aber Noémi ist doch ein hebräischer Name«, wunderte sich Amos, doch sie sagte: »Keine Ahnung. Ich bin jedenfalls keine Jüdin. Du bist schließlich mein erster.« – »Der allererste!« – »Wohl kaum. Bloß mein erster Jude«, flüsterte sie, und Amos lächelte erleichtert. Doch da nannte er sie bereits »Nomi« oder auch »Naomi« und zuweilen gar »Nomile«.

Einige Monate nach jenem ersten dreisamen Treffen im Caféhaus – es war ein zerzaustes Gespräch geworden – flogen die beiden Freunde nach Israel. Dreihundertsechzig Tage blieben sie im Kibbuz Sasa, und Amos behauptete später, an jedem zweiten Abend einen Brief an Nomi geschrieben zu haben, doch sie hatte bloß etwa fünfzig empfangen. Er schrieb ihr von Liebe und schämte sich dafür. Mit den Worten veranstaltete er eine Treibjagd, um dem Wesentlichen zu entkommen.

Georg hingegen radikalisierte sich stündlich. Schon als er aus dem Flugzeug gestiegen war, hatte ihn die Hitze der Nacht eng umschlossen. Am Tag bleichte ihn die Sonne trocken bis auf die Knochen: Damals, in diesem heißen Sommer, begann er an eine Wiederauferstehung des Körpers zu glauben.

Bereits vor der Landung in Lod hatte sich Georg aus der Luft für die Lichter Tel Avivs, für jenen Leuchtfisch inmitten des nächtlichen Aquariums, entschieden. An seinen freien Tagen suchte er den Wildwuchs der Häuser auf, die sich in der Stadt aufeinanderwarfen. Auf ihren Flachdächern ragten Stahlgestänge empor wie Vogelscheuchen aus Metallgerippe.

Bereits um halb vier nachts arbeiteten sie auf den Feldern. Ihre Blicke pflückten die Landschaft im Takt eines zügigen Marsches. Während Georgs Hände wund wurden vom Jäten des Unkrauts im Jutefeld, war Amos bald mit den Kühen beschäftigt.

Im Sommer kam ihn Noémi für zwei Monate besuchen. Sie ging in die Verlängerung. Seine Fremde sprach in ihr ein erotisches Geheimnis an. Irgendwie half er ihr, sich von dem ihr verwandten Einverständnis loszusagen. Sie wollte sich durch jene Schroffheit schürfen lassen, wie eine Mine, um eine verborgene Ader zu fördern, wollte sich umkehren lassen und verletzen wie in einem Selbstversuch. Im Kibbuz aber widmete sich die Studentin der Landschaftsökologie geflissentlich ihrer jungen Liebe und dem Auf und Ab der israelischen Böden.

Georg und Amos waren Teil jenes jüdischen Kreises – zumeist aus dem Ausland –, der nach wenigen Jahren in den Kibbuz aufgenommen werden sollte.

Eines Abends im Frühling hatten sie begonnen, vor diesem Kern und zur Gaudi einiger interessierter Kibbuzniks wieder Stücke aufzuführen. Wie junge Hunde tänzelten sie vor Aufregung. In ihren Auftritten spielten sie nun antisemitische Stereotype nach.

Kaum hatten sie zu jiddeln, kreischen und greinen begonnen, sich ihre Fäuste mit schwülstigem Lächeln gerieben, war durch das israelische Publikum ein Schauer gegangen: Sie wurden aufgefordert, den Sketch abzubrechen.

Sie machten aber weiter und versuchten feixend die Abseitigkeit ihres Geburtslands zu bannen. Der Antisemitismus: Hier ließen sie ihn dumm sterben. Sie wollten das Unreflektierte hohlspiegeln. Wollten es im Widerschein preisgeben.

Jüdischer Selbsthaß wurde ihnen mit einem Mal vorgeworfen, und Georg, blaß, mußte sich rechtfertigen, Amos aber konnte nur lachen über die ahnungslosen Sorgen seiner Vorbilder.

Kurz später hatte Amos dem Freund wieder seine Sehnsucht nach Noémi gestanden, von Unsicherheiten war die Rede gewesen, ja gar von den palästinensischen Lohnarbeitern im Kibbuz, und der Entschluß, nach jenem einen Jahr wieder für zwölf Monate – sozusagen auf Abruf – nach W. zurückzukehren, war schnell gefaßt worden.

Aus der Luke, über das Querruder des Flügels hinweg, blickte Georg zum letzten Mal zurück auf Tel Aviv. In W. sollte er dann, Sohn einer nichtjüdischen Frau, sofort zu einem Rabbiner gehen, um endgültig, wenn auch keineswegs aus religiösen Gründen, zum Judentum überzutreten. Er würde monatelang lernen müssen, bevor er in dieses Land der Väter, das nicht dasjenige seiner Mutter war, als Jude zurückkehren könnte.

Viereinhalb Wochen nach ihrer Ankunft erklärte Amos seiner Freundin, daß er sich seit einem Monat zusehends sicherer wurde, wieder in den Kibbuz fahren zu wollen, und diese Nacht durchwachten sie nebeneinander, aber einige Tage später versprach Amos ihr, daß er nicht von ihr lassen würde, nicht in einem Jahr und nicht in zweien, daß er bei ihr bleiben wolle, daß er sich ein Leben ohne sie nicht mehr vorstellen könne.

»Heute ist Mittwoch. Tanzen im Cheder Ochel. Erinnerst Du Dich«, scherzte Georg am Telefon. »Cheder Ochel«, das war der große, gemeinsame Saal, in dem der gesamte Kibbuz essen konnte und der nachts auch diversen Veranstaltungen diente. – »Gehen wir doch einfach wieder hin«, schlug Amos leichthin vor.

Noémi hörte nur noch zu, hörte es sich bloß noch an, daß er sie verlassen mußte und ohne sie nicht leben wollte, und war mit der Zeit in Atemnot geraten und wollte ihn verlassen und mußte irgendwie bei ihm bleiben.

Während er ihr vorneweg enteilte – Noémi ihm immerzu hintennach. Sie trippelten und sie köpfelten sich durch ein Spiel, während er unversehens ins Abseits geraten war. Die Zeit war reif für einen Freistoß.

In solchen Momenten liegt der Anpfiff schon in der Luft. Später wird Amos glauben, daß ihm bereits damals wie nach einem Schuß die Ohren klingelten, als kreise eine Münze durch eine Schüssel. Später erst wird er sich erinnern, daß etwas zu vernehmen war, das ihm aber nicht weiter auffiel, weil eine merkwürdige Taubheit sich auf seine Ohren gelegt hatte. Später wird er sich trösten: »Es war eben Zeit zum Freistoß.« Noémi übte schon im Zwieklang.

Georg hatte – ein im Antiquariat erstandenes, gelbscheckiges Buch mit grünen Ecken unter dem Arm – unruhig geklungen, als er Amos eines Tages in der Stadt traf: »Laß uns so bald wie möglich nach Israel fahren. Es war falsch, zurückzukehren. Du mußt die Sache abschließen. Sie wird noch alles zerstören.«

Eigentlich hatte er sich an jenem Tag endlich mit ihr aussprechen wollen, aber dann hatte er sie dennoch unverrichteter Dinge zum Südbahnhof gebracht, um sie erst in einer Woche wieder abzuholen. In diesen sieben Tagen – sie war auf einer Studienreise unterwegs – waren in ihm die alten Gefühle neu auferstanden. Er versuchte sie deshalb telefonisch an ihrem Aufenthaltsort zu erreichen, aber die Nummer schien nicht zu stimmen.

Als er überpünktlich zum Zug kam, stand sie bereits mit dem Koffer in der Bahnhofshalle und grüßte beredt. Amos schnitt ihr sogleich das Wort ab. Er sagte – sie konnte den schwelenden Unterton schon vernehmen –, daß sie ihm nichts zu erklären brauche und daß sie wohl schon den früheren Zug genommen habe. Ihre Bestätigung wehrte er aber ab und überging auch ihre Beteuerungen: »Ich glaube Dir nicht. Du bist schon seit längerem hier. Seit Tagen. Mit einem anderen.«

Erst in diesem Moment fiel der Blick auf die Anzeigetafel. Ihr Zug hatte sich verspätet und war noch gar nicht eingetroffen. Noémi, ermattet, setzte sich auf ihren Koffer.

Er sollte sich für all das, was er in den nächsten Stunden nun sagte, noch jahrelang schämen. Noémi, eingesunken, wehrte sich nicht mehr.

Im Auto die Frage nach dem Namen, doch sie will ihn nicht verraten. Er wirft sie aus dem Wagen. Zu Hause weinen sie, beide, je in einer anderen Ecke.

Amos sieht, wie sie aus ihrem Koffer ein Buch auspackt und auf den Tisch legt. Ein alter gelbscheckiger Band mit grünen Ecken aus irgendeinem Antiquariat. Er geht zum Tisch, schlägt es auf und liest: »In diesen Blättern will ich nur von den fünf Jahren erzählen, die ich völlig von der Welt der Lebenden getrennt zugebracht habe.« Er hält die Memoiren von Alfred Dreyfus, »Fünf Jahre meines Lebens«, in seinen Händen. – »Laß uns so bald wie möglich nach Israel fahren. Es war falsch, zurückzukehren. Du mußt die Sache abschließen. Sie wird noch alles zerstören.«

»Wie lange geht das schon?« – »Seit drei Wochen.«

Amos sagt: »Du Arschloch. Du hast alles zerstört.« Ihre Achseln klappen vor, ihre Arme legen sich an die Brust, sie nickt, wirft den Kopf zurück und weint.

Amos sagte: »Du Arschloch. Du hast alles zerstört.« In Georg kochte diese Anklage. Ein roter Ballon hüpfte unter seinem Brustbein, preßte gegen die Kehle, gurgelte hoch, an jenem Kloß vorbei und hinauf in den Kopf. Der hochrote Ballon.

Georg wußte nichts zu sagen, aber er mußte sich dennoch äußern: »Ich weiß nicht, wie es geschehen konnte. – Zwischen euch schien es, nach all dem, was ich von Dir und ihr gehört habe, zu Ende zu gehen. – Das erste Mal war wie ein Unfall. Aber dann … – Ich habe mir auch gedacht: Bald fahren wir beide sowieso weg, und dann – wenn Du nichts erfährst – spielt es vielleicht keine Rolle.«

An diesem Tag übernachtete Amos wieder bei Noémi, doch schlafen konnten sie nicht mehr: Sie waren ineinander verkrallt und lagen im Streit und in Tränen wach, wie Ungeziefer, das zwischen zwei Fenster gerät und in sich eingekrümmt erstickt. Am Morgen bat sie ihn erschöpft, müde, leer um den Schlüssel, und er packte seine Sachen ins Auto.

Zwei Wochen später bestieg Amos, nicht ohne vorher

noch einen Brief im Flughafen aufgegeben zu haben, eine Maschine nach Israel.

Noch nie zuvor hatte der Rabbiner Zwi Lubinsky ihn, Georg, außerhalb der Lehrstunden zu sich gebeten. Vorbei an einem bewaffneten Polizisten und an den Kindern, die mit Kopfbedeckung – die Schläfenlöckchen um die Ohren gewickelt – am Gang spielten, bestieg er den Aufzug.

Rabbi Lubinsky empfing ihn warmäugig, aber besorgt und händigte ihm – seine Augenbrauen hoben sich gegen seine umwölkte Stirn, und er stieß einen Seufzer hervor – ein Schreiben aus, das mit einigen traditionellen hebräischen Höflichkeitsschnörkeln an den Gelehrten begann und sich umständlich, ja unbeholfen, weitermühte. Georg hatte die hastige Handschrift sogleich erkannt.

»Ist Ihnen bekannt, daß Georg Rinser, der bei Ihnen, kwod ha raw, zu unserem jüdischen Glauben übertreten möchte, vor sechs Jahren noch an einer antiisraelischen Demonstration bei den Trotzkisten teilnahm?

Ist Ihnen ferner bekannt, daß Georg Rinser seit einigen Monaten, während er bei Ihnen studiert, eine amouröse Beziehung zu einer nichtjüdischen Frau namens N. Rauch unterhält? Es ist sicherlich nicht einfach für Georg Rinser – und nicht nur für ihn –, sich den Gesetzen einer Religion zu fügen, aber sollte er sich nicht zumindest während seines Übertritts den Geboten G'ttes unterwerfen?

Ich glaube, daß, wer einen so entscheidenden Schritt in seinem Leben wagen möchte, seine wahren Absichten genau prüfen sollte, bevor er den unwiderruflichen Entschluß faßt.

Sollten die angeführten Fakten Ihrer geschätzten Aufmerksamkeit nicht entgangen sein, sollten Sie von Georg Rinser bereits unterrichtet worden sein, so will ich niemandem unrecht tun. In diesem Fall betrachten Sie dieses Schreiben bitte als hinfällig. Georg Rinser braucht ja dann nichts davon zu erfahren.«

Rabbi Lubinsky saß hinter dem Tisch, der mit einigen Bänden vollgeräumt war, und stieß traurig hervor: »Ich dachte, ihr seid Freunde, Amos und Du. Schau, Georg, Deine Anschauung ist mir völlig egal. Mit Politik hat der Übertritt nichts zu tun.« Rabbi Lubinsky wischte mit seinem Handrücken über den Tisch: »Noch weniger interessiert es mich, welche Meinungen Du einst hattest. Es gibt unterschiedliche Gruppierungen im Judentum. Über Trotzki weiß ich nicht viel, aber einen Nachkommen von Bronstein habe ich in Israel kennengelernt. Auch ziemlich radikal, aber anders als Trotzki.«

Rabbi Lubinsky lächelte ein wenig und fuhr dann fort: »Ich will nur wissen, ob Du eine nichtjüdische Freundin hast.«

»Liebst Du sie?« – Auch diesmal wollte Georg bloß nicken, aber plötzlich blickte er auf, sah dem Rabbiner in seine dunkelkochenden Augen und sagte: »Ja. Ich liebe sie.«

»Du hättest mich auch anlügen können, nicht wahr? Du hättest auch deine Liebe verleugnen können. Hättest sagen können, daß es nur eine unwichtige Affäre wäre. Warum hast Du es nicht getan? Vielleicht liebst Du sie so sehr. Vielleicht hast Du Dich auch nur in sie verliebt, weil Du doch nicht den ganzen Weg gehen willst. Andererseits: Wenn Du sie aber doch so sehr liebst, wozu willst Du dann übertreten? Deine Kinder werden nichtjüdisch sein. Werden einen jüdischen Vater und eine nichtjüdische Mutter haben. Kommt Dir das bekannt vor, Georg? Wozu übertreten, wenn Du nicht jüdisch heiraten willst, wenn Du keine jüdische Familie aufziehen möchtest?«

Georg, leer und müde, horchte nicht mehr hin, aber dennoch durchwogte ihn die Stimme des Rabbis: »Georg, Verleumdungsbriefe können meine Meinung über Dich nicht ändern. Das Schreiben erging jedoch nicht an mich, sondern an meinen Freund, Rabbi Ben Zion. – Wir sind übereingekommen, daß es gescheiter ist, wenn Du wenigstens noch einige Bücher studierst. Du solltest Dir auch meine vorherigen Fragen durch den Kopf gehen lassen. Auf jeden Fall brauchen wir jetzt ein wenig Zeit. Zumindest sollten wir warten, bis sich alles, vielleicht auch Amos, eben alles, wieder beruhigt hat.«

Drei Jahre später verabredeten sich Amos Getreider und Georg Rinser zu einem Treffen in der Innenstadt. »Vor dem Ken«, hatte Amos, der eine Woche lang seine Verwandten besuchte, am Telefon vorgeschlagen und gemeint, es wäre doch an der Zeit und ihm ein Bedürfnis, endlich einmal über alles zu reden, was damals vorgefallen war. Georg hatte sogleich darauf bestanden, Noémi mitzunehmen, aber sie winkte ab: »Kann nicht. Wenn ihr wollt, könnt ihr mich ja von der Arbeit abholen, wenn ihr miteinander fertig seid.«

Aus jenem verwitterten Gebäude, dessen Geschäftsauslagen mit Rolläden und Holzverbau blindgeschlossen waren und das ihnen einst als vielräumiger Verschlag ihrer Sehnsüchte gedient hatte, war nun ein Hotel mit rosarotem Namensschild und stilisiert verklebten Fenstern geworden.

»Gehen wir in den Moadon«, schlug Amos vor. – »Gute Idee.« – »Warst Du schon mal drin?« – »Nein. Nie.«

Vorbei an der Rezeption – »Hier war die Tür« – gelangten sie in die Hotelbar, wo die erstaunte Kellnerin keinen Besuch um zwölf Uhr mittags erwartete – schon gar nicht zwei junge Männer.

»Machen Sie sich keine Sorgen«, rief Georg leichthin. »Wir gehören schon seit Jahren hierher.« – Amos wies auf einen Tisch und stellte über die schwarzhaarige Frau hinweg fest: »In dieser Ecke war der Moadon. Da setzen wir uns hin.«

»Für mich ein Cola und eine Schinkensemmel, bitte«, bestellte Amos. »Für mich bloß einen kleinen Schwarzen«, bat Georg. – »Keine Schinkensemmel«, erkundigte sich Amos, und, als Georg ablehnte, fragte er beinah erschrocken: »Du ißt kein Schweinernes?« – »Ich bin eingefleischter Vegetarier. Und Du?« – »Du weißt doch: Ich bin gottbegnadeter Atheist.«

Sie wiegten sich in jenem zartvertrauten Tanz der Worte, mit schnellen Einlagen, mit Wechselschritt und doppelten Pirouetten. Der dreiviertel Satz genügte, und Amos walzte aufgeräumt auf Georg zu: »Nu, ohne mich wärst Du nicht hier bei Noémi, wärst Du nicht so erfolgreich in der Biologie. Ohne Dich wäre ich nie weg, wär' ich nicht nach Israel.«

Plötzlich schrie Amos – und Georg erinnerte sich an den Tonfall der Tel Aviver Straßencafés –: »Violetta! Zahlen!« Die Kellnerin eilte samt Namensschild erschrocken herbei, und Georg versuchte, sie zu beruhigen: »Wundern Sie sich nicht über Amos. In diesem Haus war einst unser Jugendzentrum. Er versetzt sich bloß zurück«, doch sosehr sich Georg auch kokett mühte, er konnte diese Frau – und auch den näher kommenden Barmann – nicht zu einem Geplänkelreigen bewegen, und jetzt erst merkte er, er würde die beiden bloß verwirren mit seinem Repertoire. Sie hatten die Synkopen der Gegenrede nie studiert und hofften, die Gäste würden hier nur ja keinen Tanz machen. Georg geriet endgültig aus dem Rhythmus, weil er erkannte, daß er den Takt in ihren Augen längst schon verloren hatte: »Alles war schmutzig und voller Spinnweben. – Wir beschlossen, genau da, einen roten Stern hinzumalen, was damals sehr modern war, aber fürchterlich aussah. – An diesem Platz saßen wir jeden Freitagabend und sangen. – Es war ziemlich schön.«

Amos hob den Zeigefinger und befand unterkühlt: »Nur die Bedienung war damals nicht so gut« – und Georg lachte sich einen Mundvoll Kaffee auf seine Hosen.

An jenem Tag hatte Amos im Caféhaus, dessen weitgesperrte Scheiben auf das Monument eines stadtbekannten Antisemiten blickten, ihm seine neue Freundin vorstellen wollen. Bereits eine halbe Stunde warteten sie auf Noémi, und Amos murmelte – mehr zu sich als zu Georg: »Sie ist atemraubend. Sie ist so fordernd. Auch körperlich.«

Im selben Augenblick betrat Noémi den Raum. Georg sah, wie sein Freund ihr entgegenschaute, und ein noch namenloses Verlangen keimte zum ersten Mal in ihm auf.

Amos hingegen vermerkte nicht unamüsiert, daß seine neue Freundin ihre Augen nicht von Georg lassen konnte. Hinterher versicherte sie ihm jedoch unaufgefordert, sie fände Georg unausstehlich – woran sie sich allerdings Jahre später nicht mehr erinnern konnte.

Sechsneunsechssechsneunneun

An manchen Tagen läutet das Telefon nie.

Sergio horchte. Er saß vor dem Synthesizer. Er wartete. Der Computer – über ein Soundmodul an die Musikmaschine geschlossen – schnurrte, und auf dem Monitor zog das Klangdiagramm drei horziontale Elektronenstriche. Ein Lichtspermatozoon tauchte seitlich auf, um nach links zu schwimmen, dort zu verschwinden und daraufhin wieder an seinem Ursprungsort aufzuleuchten.

Sergio schlug einige Digitalknöpfe an, ließ seinen Mittelfinger auf eine Taste sinken, und schon pulste das Summen einen schleppenden Herzton, einen langsamen Samba. Larghissimo. Auf dem Schirm flammte eines der Klangmuster auf, Gebirgswellen wanderten von rechts nach links, bildeten farbig Frequenz und Lautstärke nach, um sogleich wieder dem Rasterfeld zu enteilen. Sergio ließ seine Finger, zaghaft, stockend, über die Klaviatur tröpfeln. Er umspielte ein Motiv, das langsam erst hervortrat, als forme sich ein Kristall im chemischen Versuch. Mit einem Mal brandeten alle drei Diagramme auf und spritzten heiße Tropfen hoch. Sergio suchte in Variationen sein Thema zu finden. Hier schnitzte er einen Akkord, dort setzte er eine Triole, aber vergebens, die Struktur verlief sich, verdichtete sich nicht.

Er brach das Spiel ab, schüttelte die Gelenke locker

und blickte auf das Telefon. Im Computer schnurrten Ventilator und Festplatte in leisen Umdrehungen.

Der Hörer war in Griffweite. Anja war noch einen Anruf schuldig.

Vor mehreren Monaten war er in diese einsame Dachbleibe, war er in die Vorstadt gezogen. Die Hausbesorgerin hatte, während sie das alte Schloß zu öffnen versuchten, erzählt: »Bitte, die Wohnung ist ja wie geschaffen für einen Musiker. Hier können Sie Ihre Ruhe haben und soviel Lärm machen, wie Sie wollen, nicht? Die Herrschaften – sie sind, Gott hab sie selig, vor langer Zeit gestorben, erst er, dann sie –, die Herrschaften haben die Wohnung vor Jahrzehnten von einer Musikerin ... Ich war damals ja noch ein Kind. Sängerin war sie, Opernsängerin. Ihr Klavier ist dageblieben, aber sie hat wegmüssen.« Die Türe hatte er aufgebrochen.

Den alten Bösendorfer ließ Sergio stimmen und richtete, nachdem die Stromleitungen erneuert worden waren, sein Studio ein.

Seit Monaten schon hatte Anja ihn bewogen, einen Zweitwohnsitz zu suchen, um ungestört komponieren zu können. Zu zweit hatte er nicht zu jener Harmonie, zu jenem Einklang gefunden, der in ihm Mehrtönigkeit zuließ. Auch konnte er nachts nicht musizieren, da sich die Nachbarn – aber auch Anja, die tagsüber im Physiologieinstitut arbeitete – jeglichen Lärm verbaten.

Im ersten Jahr hatten sie gemeinsam in seiner Stadtwohnung gehaust, und anfänglich war Sergio, nachdem er das Dachstudio bezogen hatte, allabendlich im Zentrum bei Anja eingekehrt, doch nun lebten sie dreifach aufgeteilt, pendelnd zwischen Anjas und seinen beiden Adressen. Sie sahen sich nur noch selten und telefonierten mehrmals in der Woche miteinander.

Er griff nach dem Hörer. Noch bevor er wählen konnte, vernahm er eine Frauenstimme: »Hallo?« – »Hallo?« – »Entschuldigung, ist dort Sechsneunsechssechsneunneun?« – »Nein, tut mir leid, das ist Fünfeinsdreisiebenundsiebzigachtundneunzig.« Sie schwiegen, beide, dann fragte sie: »Heißt das jetzt, daß Du nicht mit mir sprechen willst?« Er lachte auf und sagte: »Im Gegenteil. Ich bin ganz Ohr. Endlich Anschluß gefunden«, und sie erwiderte: »Ach, ja? Sehr verbunden.«

Ihre Stimme fing ihn, als höre er ein bauchiges Streichen, ein tiefes, ruhiges Legato. Nicht die gedämpfte Stille moderner Digitalapparate drang zu ihm durch, ein Rauschen rann durch die Leitung. Die Laute waren von einem fernen Hallen und zuweilen von einem schallenden Knacksen begleitet. Ein Knistern wie von jenen kleinen Explosionen auf alten Schellacks loh auf. Das Timbre der Frau war auch im Kabelwerk nicht flachgezerrt worden, sondern nahm einen eigenen Raum ein, eine Art reservierte Atmosphäre, die sich durch keine elektronische Raffinesse verbannen ließ.

»Viola«, so nannte sie sich, und während er ihre Stimme hörte, glaubte er sie mit einem Mal auch sehen zu können. Sie saß im leichten Kleid auf ihrer Bettkante; den Fernsprecher am Boden zwischen ihren Füßen, lehnte sie sich über das Gerät und spielte mit der Kabelschnur.

Während sie ihm zuhörte, lächelnd, strich sie ihr Haar aus dem Gesicht. Er konnte es deutlich erkennen. Er sah ihr breites Antlitz, den festen Hals, ihren weiten Ausschnitt und selbst den Busen, wenn sie über dem Telefon sich vorbeugte.

Sie antwortete: »Ich weiß nicht. Ich glaube, ich wollte mit Dir sprechen, weil es mir gefallen hat, daß Du Dich nicht mit Namen und Nummer gemeldet hast. Jeder Anruf ist ein Überfall. Mit jemandem, der das nicht weiß, sollte man gar nicht verkehren.«

»So ist es«, meinte er und dachte an Anja. Nie hatte sie verstanden, ein Gespräch über Draht anzuknüpfen. Zwei Wochen lang hatte immer nur er sich bei der jungen Ärztin gemeldet, die er auf einem Neujahrsfest kennengelernt hatte. Am vierzehnten Januar hatte sie den ersten Anruf gewagt und ihn, ihren Liebhaber, mit »Hallo? Wer ist da« begrüßt, und er hatte unfreundlich entgegnet: »Wer ruft denn da an, und mit wem wollen Sie überhaupt sprechen?«

Später meldete sie sich mit: »Hallo? Sergio?« – »Wer will das wissen?« – »Na, ich bin es.« – Seit einiger Zeit ahnte Sergio, daß Anja es nicht war, es nicht sein würde, jene Frau, mit der er verbunden, an die er gebunden bleiben wollte.

Viola sagte: »Ich melde mich bei Dir.« – Er: »Wir könnten uns einfach treffen«, aber sie bloß: »Ich melde mich bei Dir, Sergio.«

Am nächsten Tag ließ er den Computer die gespeicherten Klänge, den bisherigen Soundtrack, abspielen und folgte der Musik anhand der ausgedruckten Partitur. Von Anja hatte er noch immer nichts gehört, doch vermißte er ihren Anruf nicht, vielmehr hoffte er, Viola wieder zu sprechen.

Er griff nach dem Hörer. Sechsneunsechssechsneunneun. Eine Frau sagte: »Hallo«, doch noch bevor Sergio zu reden anhob, antwortete mit einem Mal ein Dritter in der Leitung: »Anja?« – »Ja.« – »Ich bin es, Anja.« – »Peter?« – Sergio lauschte, erstaunt, dem Gespräch.

Sergio blieb stumm, fuhr sich durchs Haar und horchte die Zärtlichkeiten ab, erkannte all jene Bezeugungen wieder, die vor kurzem noch ihm gegolten hatten. »Und Sergio«, fragte Peter, und sie schwiegen. Alle drei. Anja sagte: »Heute abend. Es ist aus. Irgendwie weiß er es längst, und es wird ihm nicht mehr viel ausmachen.« Langsam entfernte sich das Gespräch, und Worte der letzten Jahre stiegen in ihm auf. Als die beiden anderen auflegten, knackste die Leitung, als höre er seinen Kehlkopf brechen, und plötzlich traten ihm Tränen in die Augen.

Den Hörer hielt er noch ans Ohr, die Leitung zirpte, und dann drang ihre Stimme zu ihm durch, seidiger, leichter als am Vortag. Viola sagte: »Hallo, Sergio!« Er zuckte, stockte schamvoll, legte auf.

Sofort hob er wieder ab, und bevor er noch wählen konnte, sagte Viola: »Hallo, Sergio! Viola spricht.« Schweigen. »Also ... Ich verstehe nicht. Was geht hier vor? Zuerst Anja und dieser Typ, jetzt wieder Du. Bist Du jetzt mein Freizeichen, oder was? Hast Du mich angerufen? Es hat nämlich gar nicht geläutet.«

Viola erklärte: »Ich habe die Leitung. Ich bin im Netz.

Ich kann jederzeit zu Dir, kann Dich, wenn Du den Hörer aufgelegt hast, auch abhören. Ich kann Dich mit allen beliebigen Anschlüssen verbinden.«

»Viola? Bist Du etwa im Haus? Eine Nebenstelle?« – »Ob ich eine Nebenstelle bin?! – Du hast geweint, Sergio?« – »Woher weißt du?« – »Deine Stimme«, antwortete sie. »Ganz schön auf Draht«, befand er.

Wieder glaubte er, sie auch sehen zu können. Sie kauerte, die spitzen Knie vor dem Kinn, auf einem Sofa. Aufrecht hielt sie das Rückgrat, ihr Haar, rotbraun, fiel wie ein Vorhang, blieb im Lot, nur ihr Antlitz lag schräg auf dem Hörer in ihrer linken Hand.

Nach zweistündigem Gespräch fragte Sergio: »Arbeitest Du in einer Schaltzentrale«, aber sie antwortete: »Nein. Ich habe es Dir doch schon gesagt: Ich bin im Netz.« – »Was soll das heißen? Ich will Dich sehen, Viola.« Viola lachte. »Ach, so? Bin ich also doch keine Nebenstelle?«

Nachher hieß sie ihn die Telefonschnur in die Hand nehmen, bat ihn, eine Schlinge zu legen, einen Knoten zu binden und leicht anzuziehen. Nachdem er all das widerspruchslos getan hatte, fragte er: »Und?« – »Nun, eben knüpften wir eine Beziehung an«, sagte sie, lachte kurz auf, fügte ein »Bis morgen« hinzu, unterbrach die Leitung, ließ ihn ratlos zurück, aber – kaum hatte er den Hörer mit geknotetem Kabel sorgsam auf der Gabel plaziert, war auch er gut aufgelegt.

Am nächsten Morgen griff er wieder nach dem Hörer. Als er ihre Stimme vernahm, glaubte er sie diesmal jedoch schwarzhaarig. Er wollte wissen: »Wie schaust Du aus?«

Er mußte sie unbedingt sehen, aber sie warnte: »Verlang das nicht. Hörst Du? Versprich mir, mich nicht sehen zu wollen. Versprich es jetzt. Wenn Du bei mir bleiben willst, gibt es kein Zurück. Willst Du nicht verstehen? Ich bin im Netz, mit der Leitung verwachsen. Aus mir sprossen die Kabel. Ich bin angeschlossen, bin durch und durch verdrahtet. Ich habe alle Kontakte über meine Nummer laufen lassen. Es ging um Verbindungen. Es war notwendig. So bin ich in ihr Netz geraten. Verstehst Du?«

»Nein«, flüsterte Sergio, und Viola versuchte es noch einmal: »Damals, ich telefonierte stundenlang mit Menschen in fernen Ländern, und allmählich hatten sich zwischen Hörer und Haut, haarfein, Fasern gebildet, Fasern, die sich verdichteten, bis meinen Fingerkuppen, meinen Handballen, Ohren und Haaren drahtige Verbindungen entwachsen waren. Begreifst Du jetzt?« – »Nein«, flüsterte Sergio. »Ich will Dich berühren.« Viola sagte, und in ihrem Ton lag eine Drohung, ein Bitten, aber auch eine Art Triumph: »Horch mal, Sergio. Aber schau Dich nicht um. Höre, Sergio«, und da vernahm er ihre Stimme, ihren Atem, und sogleich begannen aus den Tonritzen seines Telefons Leitungsdrähte zu sprießen, um sich Elektroden gleich an seinem Kopf festzuschließen oder auch einzufließen in sein Gehör. Sie hatte ihn unter Strom gesetzt.

Mit einem Mal fühlt er ihre Schenkel auf seinem Schoß sich grätschen, spürt er ihre nackte Haut und ihre Nässe, obgleich er sich bekleidet weiß; er riecht ihren Schweiß, er schmeckt ihren Mund, er tastet ihre Brust, streicht an ihrer Taille entlang und hört ihr Keuchen.

Er ist umgurtet, ihre Nägel im Rücken, im Nacken. Er merkt, daß sie sich auf ihn setzte, ihn einnahm, wippend, langsam. Wenn er die Augen schließt, weiß er sich mit ihr, doch wenn er Ausschau hält, sieht er sie nicht. Öffnet er die Lider, scheint ihm alles eine Sinnestäuschung, scheint ihm, als betrüge sie ihn oder treibe es mit einem anderen, der aber er selbst ist. Wenn er sieht, daß er sie nicht und nirgends sehen kann, dann taumelt er hilflos umher, blind, geblendet.

Er verschließt die Augen.

Danach. Die Drähte hatten sich von seinem Haupt gelöst, zurückgezogen in den Hörer, als wären sie eingerollt, weggeräumt, zur Seite geschafft. Sie hatten beide lange geschwiegen, bis er wieder einen Blick wagte und erkannte, daß es dunkel geworden war und kalt. Sergio sagte: »Viola, ich muß dich sehen.« Da brach die Verbindung ab.

Sie meldete sich nicht. In der Früh griff er zum Hörer und wählte sechsneunsechssechsneunneun. Er lauschte dem Störungszeichen hinterher. Die Auskunft wußte nichts von dieser Nummer, aber die Frau vom Amt empfahl ihm eine andere Stelle.

Zu Mittag hatte er einen Zuständigen, einen früheren Beamten, einen Pensionisten und Hobbyhistoriker, einen Archivar des Fernsprechnetzes, erreicht.

»Neun-undsechzig-sechs-undsechzig-neun-undneunzig? Moment. – Die Nummer wurde schon vor Jahrzehnten aufgelassen«, erklärte der alte Herr. Sergio insistierte: »Aber ich habe noch gestern mit dieser Stelle telefoniert«, doch der Mann beharrte: »Vollkommen unmöglich. Die Nummer wurde ersetzt.« – »Die Nummer wurde ersetzt?« – »Ja, aber natürlich«, sagte der Mann, und Sergio fragte: »Auf wen war der Apparat gemeldet?« – »Lassen Sie mich mal schauen. Auf eine gewisse Viola Goldfarb, Kammersängerin.«

Sergio erkundigte sich nach der neuen Nummer, die an die Stelle der alten getreten war. – »Fünfhundertdreizehnsiebenundsiebenzigachtundneunzig.« – Es war die seine.

Sergio legte auf. Es war dunkel geworden. Im Zimmer kein Licht. Er schaltete seinen Computer und das Soundmodul ein. Das Konzert war nun vollendet. Mit einem Tastendruck rief er die eingespeicherte Musik ab, setzte sich an den Bösendorfer und spielte gegen den Strich.

An manchen Tagen läutet das Telefon nie.

Der richtige Riecher

Amos war unvermutet auf eine Menge gestoßen, die sich in der Fußgängerzone zusammengebraut hatte; auf einen Auflauf von Menschen, Frauen und Männern, überwiegend älteren, die hier zusammengefunden hatten, um ihre Einsamkeit zu verlieren und sich miteinander gemein zu machen, um jeweils kleine Gasexplosionen an Verstimmung abzusondern, die bald schon aufdampften. In jene Ausdünstungen des Dünkels schlich Amos Getreider sich ein. Vorerst glaubte er, unbeteiligt hindurchschlendern, in unverdrossener Unbekümmertheit sich unterhalten lassen zu können. Auf seinen Lippen lag ein eitles Lächeln.

Auf diesem Platz hatte eben noch eine politische Veranstaltung stattgefunden. Die Masse zerfiel bereits in einzelne Menschentrauben, als in den allgemeinen Einklang Töne des Mißmuts einkehrten und Widerspruch laut wurde. Einige wenige hatten versucht, Flugblätter mit unangenehmen Fragen unter den Leuten zu verteilen. Doch die Zettel wurden ihnen von der aufgebrachten Menge aus den Händen gerissen, und irgendwo war einem der Gegendemonstranten ein Schild aus der Hand gerissen und auf dem Kopf zertrümmert worden. Hier stand der nun, hielt benommen sein Haupt, die Brille lag am Boden, und schon war die Polizei zur Stelle, um seine Personalien aufzunehmen. Verstört griff der junge Mann seinen Schädel ab – stellte fest, daß er blutete. Dem Inspektor, der ihn zur Rede stellen wollte, antwortete er nicht, er schaute bloß stumpf auf das Blut in seiner rechten Handfläche und tastete mit seiner Linken den Schmerz ab. Zwei Uniformierte drehten ihm plötzlich den Arm auf den Rücken, während ihr Vorgesetzter ihn weiterhin befragte, aber der Mann verstand nicht, sei es, weil er als Ausländer der Sprache nur langsam folgen konnte und der regionale Dialekt ihm vollkommen unbekannt war, sei es, weil jener feiste Herr, der auf ihn eingedroschen hatte, laut auf die Polizei einschrie und brüllend die Arretierung des Gegendemonstranten verlangte. Der Fremde blickte verwirrt umher, schreckte laut auf, als sein Arm hochgerissen wurde, widersetzte sich, als er festgenommen und in den Polizeibus gezwängt wurde.

In jenen Tagen war das sonst so einmütige Schweigen, jene verschworene Stille unter den Menschen, gebrochen worden, und was den Grundakkord, den guten Ton der Gesellschaft gebildet hatte, war über die Jahre zum Mißklang verkommen. Um das Unerhörte zu übertönen, waren die Menschen heute hier zusammengelaufen. Was aber aus ihnen sprach, verriet, was sie zu vertuschen suchten.

Amos, der bloß durch den Aufruhr flanieren wollte, war bald in den Sog der Gespräche geraten. Das Vergehen der Vergangenheit war den meisten, die Unvergänglichkeit der Vergehen einigen wenigen anderen das entschiedene Anliegen. Ein kleiner Mann schrie Amos an: »Wenn es euch hier nicht paßt, dann geht doch nach Israel – oder nach New York.«

»New York is more fun«, sollte Wochen später Professor Rubinstein von der Columbia University über W. befinden, als er Amos eines Tages fragte, ob er hier – in dieser Stadt, in diesem Land – bleiben wolle. »Ich will nach der Matura in Israel leben«, hatte Amos plötzlich – und zu seinem eigenen Erstaunen – geantwortet. »New York is more fun«, wiederholte daraufhin Aron Rubinstein und kaute auch noch die deutsche Übersetzung im amerikanischen Akzent hervor.

Seit mehreren Wochen schon saß Susi, Professor Rubinsteins schwarzhaarige Tochter, neben Amos in der Klasse. Seine Mutter war von dem Mädchen aus Brooklyn entzückt gewesen und hatte die amerikanische Familie zu ihrem Pessachtisch eingeladen. Rubinsteins waren weder traditionell noch sentimental, ließen sich jedoch Chale, Kreplachsuppe, gefilten Fisch und den Rest des Menüs gut schmecken. Sie verstanden zwar keines der Gebete des alten Getreider, waren aber von den hebräischen Liedern und sonstiger Folklore hellauf begeistert.

Susi verbrachte die wenigen Monate, in denen ihr Vater in W. Vorlesungen halten sollte, mit Amos, den sie um so lieber gewann, der ihr um so mehr bedeutete, je näher die Rückfahrt nach Amerika heranrückte, und obwohl seine Mutter schon am Morgen nach dem Festessen befunden hatte: »So ein schönes Mädele«, war auch Amos von Susi begeistert gewesen.

Susi kümmerte sich in der Schule, die sie nur vier Monate lang besuchen sollte, so wenig um die Benotung, daß auch ihr Banknachbar Amos – er war nie ein fleißiger Schüler gewesen – in seinen Leistungen hoffnungslos zurückfiel. Sie versuchte Amos so oft wie möglich zu sehen, um, wie sie betonte, Deutsch sprechen zu lernen. Vielleicht hoffte die einsame, gekrauste Amerikanerin, sich in ihm, diesem blassen und fahrigen Jüngling, widerspiegeln zu können.

Professor Aron Rubinstein sagte: »New York is more fun«, und als Amos widersprechen und den Staat, der gegen die jüdische Not begründet worden war, verteidigen wollte, beharrte der Professor: »Ich liebe Israel. Es ist ein Selbstreinigungsprozeß für uns. Alle rassistischen, spießigen Juden aus Brooklyn, die Schwarze hassen, fahren nach Israel, um dort mit noch besseren Gründen Araber hassen zu können. Ich liebe Israel. Es ist ein Selbstreinigungsprozeß für uns. New York is more fun.«

»Wir hassen die Juden nicht«, betonte mitten in der Menge ein älterer Herr mit weißem Vollbart und lächelte versonnen. Er hatte laut gesprochen, um die allgemeine Erregung zu übertönen, war aber dennoch ruhig geblieben. Er wollte das Hauptthema der Versammlung – über alles Getöse hinweg – wieder aufklingen lassen. Die schrillen Attacken der Menge gegen eine junge Frau, eine Kritikerin, überging er, ahndete Beleidigungen mit scharfem Blick oder winkte jegliche Polemik begütigend ab. Er redete ganz langsam: »Wir hassen die Juden nicht. Aber die Juden – ja? –, die Juden hassen uns, vielleicht nicht einmal zu Unrecht, ich würde uns vielleicht auch hassen, aber jetzt muß doch endlich Schluß sein mit dem Haß.«

Die Gegendemonstrantin fiel ihm ins Wort. Wohlartikuliert antwortete der ältere Herr, holte mit seinen Armen weit aus, sagte: »Aber ich bitte Sie, mein Fräulein«, faltete die Hände gemütlich auf seinem Kugelbauch und setzte fort: »Wir hassen die Juden nicht. Das ist doch alles eine Kampagne: Da schließt die Angst ein unheilvolles Bündnis mit dem Haß. Sie fragen, welche Angst?« nahm er ihre Frage vorweg, um mit erhobenem Zeigefinger zu bedeuten: »Die Angst vor dem Verlust der Macht. Welcher Haß? Na, welcher wohl?«

Er blieb die Antwort vorerst schuldig, aber als die junge Frau noch nicht verstanden hatte, erklärte er: »Der alttestamentarische. Aug' um Aug', Zahn um Zahn.« Seine Augen waren nun bedeutungsvoll geweitet, und er war mit einem Mal ganz still geworden.

Nun hatte sie begriffen, was er gemeint hatte, wovon er gesprochen hatte – und wogegen. Ihre kurzen Einwürfe wehrte er freundlich ab: »Hören Sie, mein Fräulein, eigentlich mögen wir alle Rassen«, und unter dem beifälligen Nicken anderer fuhr der Mann mit Vollbart und weißem Lockenhaupt fort: »Wie schön, daß unsere Welt bunt ist. Sie muß sich nur in ihrer Buntheit als Ganzes begreifen, so wie ja auch alle Farben zusammen das weiße Licht ausmachen. Wäre es nicht dumm, wenn Blau und Gelb einander hassen würden oder Rot und Grün? Ebenso dumm ist es, wenn wir die Juden hassen und sie uns.«

Die Kritikerin war nach seinen letzten Worten verstummt, aber der Alte, ein Meister der Harmonielehre, sah sich mit einem Mal übereifriger Zustimmung ausgesetzt. Sein Appell wurde ergänzt durch Bekundungen gegen eine ganz bestimmte Person, einen Politiker, einen Juden.

Er besänftigte den leidenschaftlichen Herrn sogleich: »Ja, auch ihn müssen wir lieben. Ja. Denn unser Feind ist nicht er, sondern der Haß.« – »Welcher Haß?« fragte die junge Frau empört, doch er setzte fort: »Ja, und wir müssen ihren Haß überwinden. Da gibt es nur ein Mittel. Wir müssen die Juden so lange lieben, bis sie aufhören, uns zu hassen. Und wenn es noch solange dauert.«

Amos' Mutter war heiser, wenn sie von diesen Dingen sprach. Sie sagte: »Ich will, daß Du ihn schlägst. Hörst du?«

In der Früh weckte sie ihn mit lautem Singsang, und Vater beschwor sie: »Nicht so laut. Die Nachbarn«, aber seine Mutter trällerte weiter. Wenn sie ihn gleich darauf anbrüllte, weil er sich noch immer nicht aus dem Bett erhoben hatte, bat der Vater: »Nicht so laut. Die Nachbarn«, und Amos beruhigte er: »Ärger die Mutti nicht. Steh auf.«

Ihre Haare trug sie streng aufgesteckt, eingedreht und hochgetürmt zu dichtgezurrter Fülle, so blickte sie streng auf Amos herab, so lachte sie ihn an, so schaute sie auf ihren Sohn, ihren Kleinen, der altklug und früh schon sich in Witzen versuchte, der fragte: »Papa, bin ich lustig?«, dem sein Vater beschied: »Ja, Du bist sehr lustig«, den sie hingegen küssend tadelte: »Du bist ein Kasperl«, der sie bereits als Neunjähriger politisch zu belehren suchte, der sie fragte: »Mutti, bin ich klug?«, den sie küßte, und dann seufzte sie: »Du bist ein Kasperl.«

Schon als Vierjähriger hatte Amos sich angewöhnt, seinen Widerstand zu skandieren: »Nein, wir appessiiieren! Nein, wir appessiiieren!« hatte der Kleine erfunden, und als ihm der Vater gesagt hatte, er spreche das Wort falsch aus, hatte er Mutter am nächsten Morgen, da sie ihn in den Kindergarten mitnehmen wollte, zugerufen: »Nein, wir protestiiiieren.« – »Es heißt appessieren«, hatte die dunkelhaarige Frau daraufhin versichert. »Protestieren! Protestieren!« fuhr es in ihm mit einem Mal verzweifelt hoch. »Nein, appessieren. Appessieren«, lachte sie ihn an, während sie seine Schuhe band. »Protestieren! Protestieren«, gluckste er widerwillig auf, doch sie bestand prustend darauf: »Appessiiieren! Appessiiieren! Appessiiieren«, und dann trippelten sie kichernd die Treppen im Stiegenhaus hinunter.

Sie schrie sich heiser: »Ich will, daß Du ihn das nächste Mal schlägst. Hörst du?« – Ein Schulkollege, Helmut, hatte ihm in der Pause gesagt, ihn hätte man in Mauthausen vergessen. Amos hatte den Jungen daraufhin zur Rede gestellt, hatte mit ihm diskutiert, wie er es seit seinem neunten Lebensjahr übte, und hatte zu erklären versucht.

»Ich will – hörst Du? –, daß Du so jemanden das nächste Mal schlägst. Diskutieren, Schmiskutieren! Nein. Wenn einer Dir so etwas sagt, will ich, daß Du ihn blutig schlägst. Hörst Du? Blutig! Ist mir ganz gleich, ob Du auch blutend nach Hause kommst. Ich werde Dich schon verarzten. Aber ihn sollst Du treten, sollst Du kratzen, damit Blut fließt, damit seine Kleider reißen, damit seine Eltern ihn fragen, wer das gemacht hat, damit sie sich beim Direktor über Dich beschweren. Hörst Du? Ich will, daß sie zum Direktor gehen, und dann werde ich in die Schule kommen und werde erklären, daß ich es Dir aufgetragen habe. Mach Dir keine Sorgen, ich werde es auf mich nehmen. Hast du verstanden?« schrie sie, und Papa – ahnungslos – kam zur Küche herein, sah Amos allein mit gesenktem Kopf dasitzen und sagte: »Folg Deiner Mutti. Du weißt doch, sie hat genug mitgemacht.«

Amos aber wollte sich nicht schlagen. Er vertraute auf die Kraft seiner Worte, auf die Gewandtheit seiner Rede. Er hatte niemals versucht, sich mit irgendeinem Dialekt, mit irgendeinem anderen Jargon als der Hochsprache zufriedenzugeben, da er fürchtete, den lokalen Akzent nicht beherrschen zu können, und sich zumindest im Einklang mit der Schrift wissen wollte.

Hebräisch war er ein anderer. Seine Stimme und sein Ausdruck schienen dann von besonderem Hochglanz, als töne sein Timbre in dieser Sprache des Südens, des Sommers und des Meeres in Metalisé. Das Idiom klang in tieferen Lagen aus ihm hervor, und er wußte sich darin so sicher, als wäre er hinter getönten Scheiben, als wäre er bewaffnet mit einer Sonnenbrille, als lehne er an einem Olivenbaum – einen Grashalm zwischen den Zähnen.

Irgend etwas in ihm glaubte, mit Hebräisch Zutritt zu einem exklusiveren Zirkel finden zu können, der nichts mit W., nichts mit seiner Schule, nichts mit seinen nichtjüdischen oder jüdischen Freunden, auch nichts mit den Frommen zu tun hatte, die er manchmal dunkel gekleidet durch die Straßen ziehen sah. Mochten sie auch noch so original verpackt wirken, in Hebräisch fühlte sich Amos zugehörig der stolzeren Ausgabe, der edel gebundenen Luxusausfertigung des jüdischen Assortiments.

Peter Bach war mit einem Mal aus der Menge getaucht. Der drahtig schlanke Jugendliche beugte sich zu dem älteren Mann mit weißem Vollbart hinunter und sagte: »Was soll das heißen: Die Juden. Die Juden, erklären Sie, hassen uns. Die Juden sollen wir lieben. Die Juden? Alle?«

Peter, der schlaksige Riesenknabe, war hinter dem schmächtigen Amos gestanden. Ein Lächeln blitzte zwischen den zwei Klassenkollegen auf, während ein kleiner Herr mit braunem Hut und schwarzem Anzug aufgeregt losschnarrte.

Beide, Peter und Amos, waren an diesem Tag nicht sofort von der Schule nach Hause gegangen, und sie hatten sich nicht – wie sonst – gemeinsam mit Georg Rinser in Richtung U-Bahn begeben. Die hundertfünfzig Meter von jenem neugotischen Bau bis hin zur Station, die Georg – er kam regelmäßig zu spät – jeden Morgen in wenigen Sekunden durchlief, kosteten die drei Freunde nachmittags mindestens eine halbe Stunde. Peter Bach war eigentlich nur Begleiter jenes Duos, dessen Verrücktheiten ihn amüsierten und dessen Streiche er begeistert geschehen ließ. Amos und Georg wiederum mußten Peters Vorsprung in amourösen Angelegenheiten neidvoll einbekennen, und Amos fragte ihn sogar um Rat, wenn er an Susi Rubinstein dachte und, als seine Eltern für einige Tage wegfuhren, die Wohnung für ein spätes Treffen mit Susi freistand.

Peter Bach sagte dem untersetzten Männlein mit Hut: »Hören Sie, was Sie da sagen, ist doch antisemitisch.« Doch der kleine Mann greinte bloß: »Ich bin kein Antisemit, ich kann bloß die Juden nicht leiden.« – »Aber das ist doch antisemitisch«, erklärte Peter, wurde aber von einem dicken Erwachsenen zurechtgewiesen: »Na und? Ein bißchen mehr Toleranz, junger Mann. Lassen Sie dem Herrn doch seine Meinung.«

Amos: Der Name war ein Schild. Kaum war er genannt, war für zwei Stunden Gesprächsstoff gesorgt. An Verleugnung seiner Herkunft war deshalb nicht zu denken, im Gegenteil: Er lernte, es zu genießen, andere durch seine Exotik zu befremden. Seine Haltung in diesen Fragen konnte imponieren, geriet aber zur Pose, zur Inszenierung, da sein aufrechter Stand mit Rückgrat nicht viel zu tun hatte und er sich immer der Unterstützung seiner Eltern gewiß sein durfte.

»Er kann ganz gut reden, unser kleiner Amos«, behauptete Peter, aber Georg setzte – während er Amos den Arm um die Schulter legte – hinzu: »Und ob. Ohne aufzuhören. Ohne zuzuhören. Am allerliebsten hört er sich selber.« Amos lächelte, und zu Hause erzählte er seiner Mutter: »Peter sagt, ich kann gut reden, und Georg gibt ihm irgendwie recht«, aber sie blickte bloß streng und seufzte: »Du bist und bleibst ein Kasperl.«

Noch immer standen einige Menschen in einzelnen Grüppchen auf dem Platz. Das Gespräch plätscherte daher, verdichtete sich bald wieder, prasselte los und brauste vollends auf, als habe ein Schleudern den Platz in der Innenstadt – unweit des Domes – erfaßt. Mit einem Mal flatterte ein Strudel Tauben hoch. Die Vögel kreisten dicht über der Menge und stiegen in Pfeilformation auf.

Eine ältere Dame in dunklem Kleid, mit weißen Spitzenhandschuhen, die bis zum Mittelgelenk reichten, ihre Fingerkuppen freiließen, mit einem unter den Arm geklemmten Regenschirm, hatte sich in die erste Reihe des Streits gedrängt. Ihr blaugraues Haar trug sie unter einem Hütchen, das mit einer Nadel festgemacht war. Aufgeregt wirbelte sie mit ihren Händen durch die Luft, und Amos fühlte sich an die eilfertigen Bewegungen flämischer Spitzenklöpplerinnen erinnert. Gestenreich schien sie vor sich hin zu spinnen, während sie sich in den Nasallauten eines ausgewählten und standesbewußt gefärbten Akzents erregte.

Amos hatte sich im Laufe der Diskussion heiß geredet und widersprach nun in scharfem Stakkato.

»Wie können Sie nur sagen, ich wäre antisemitisch«, brach es aus der Dame hervor. Amos: »Weil, was Sie sagen, antisemitisch ist.« – »Aber«, die Frau lächelte pikiert: »Antisemiten kann man doch riechen.« Sie hatte das Wort »riechen« besonders betont und die Nase gerümpft. Amos fragte freundlich und aufmunternd nach: »Juden wohl sicherlich auch?« Die Alte hielt kurz mit Händen und Worten inne und meinte sodann sinnend: »Ja, Juden wohl auch.«

Ein Schnaufen ging durch die Menge, sei es, weil einigen nun klar wurde, daß die ältere Dame überführt worden war, sei es, weil andere sich an einer Aussage ergötzen konnten, die einem schmutzigen, verbotenen Witz ähnelte, als ein Mittfünfziger sich vorbeugte und verkündete: »Bitte, das stimmt nicht. Die Juden kann man nicht riechen. Außer die polnischen.«

Peter riß es hoch, doch Amos Getreider sagte nur leise: »Meine Mutter ist eine Jüdin aus Polen.«

Ein Moment lang Stille, dann ergriff der Mann hastig die Hand des Siebzehnjährigen und sagte: »Oh, das tut mir aber leid.«

Amos – kopfschüttelnd – konnte sich eines Auflachens nicht mehr erwehren.

Das Gespräch hatte sich verlaufen. Amos blickte auf die Pestsäule, die sich mitten in der Fußgängerzone hochtürmte. Das Denkmal war als Mahnung gegen den Schwarzen Tod errichtet worden. Es war das steinerne Dankgebet all jener, die von der Epidemie verschont geblieben waren.

In den ausgehenden Dezennien des siebzehnten Jahrhunderts zirkulierte die Seuche wieder durch weite Teile Europas, mischte sich unter die Leute und steckte Tausende an. Die Krankheit teilte das Volk, in jene, die noch der Seite des Lebens zugerechnet wurden, und in jene, die des Todes, die bereits erkrankt waren und kaum mehr auf Rettung hoffen durften. Wer von der Pest befallen war, wurde ausgesondert. Die Kleider der Infizierten wurden verbrannt. Die Leichen in Massengräbern verscharrt. Nur das Geld – die Münzen – wurde vor der Vernichtung bewahrt, mußte trotz der Seuche weiterzirkulieren.

Die Landesgrenzen wurden dichtgemacht und sollten

seit jenen Zeiten bloß mit Gesundheitsbriefen noch passiert werden können. Regiment und Regierung hatten nun die Krankheit zu verjagen. Die jüdischen Menschen, die seit dem Mittelalter der Brunnenvergiftung verdächtigt wurden, waren schon Jahre vorher aus der Stadt vertrieben worden.

Amos sah auf die Pestsäule, an der dunkle Gestalten in alter Tracht vorbeizogen. Die schwarze Schar ging über jenen Platz, auf dem vor kurzem noch die Veranstaltung stattgefunden hatte und die Menschenmassen grölend zusammengedrängt waren.

Peter Bach schaute dem Blick des Freundes nach und stieß plötzlich hervor: »Weißt du, der Antisemitismus ist natürlich unentschuldbar, aber wenn ich die Orthodoxen sehe: Warum müssen sie sich immer so absondern? Sie müssen nicht unbedingt so herumlaufen. Außerdem: Warum akzeptieren sie nur, wer beschnitten ist? Irgendwie versteht man dann, wieso Ressentiments entstehen. Ich meine, besonders geschickt sind sie nicht, auch in politischer Hinsicht, zum Beispiel diese Herren ...«

Just das war der Moment, in dem sowohl eine langjährige Freundschaft als auch Peters Nase zu Bruch gingen.

Peters Gesicht sollte mit diesem rechten Haken eine auffallende Wendung nehmen: Die klassische Geradlinigkeit, die sein Riechorgan bisher ausgezeichnet hatte, war dahin und geknickt. Um die Probleme, die sich aufgrund dieses Vorfalls in der Schule ergaben, brauchte sich Amos allerdings nicht zu sorgen; darum kümmerte sich selbstverständlich seine Mutter. Amos aber war mit einem Schlag zum Helden der Familie avanciert.

Ich schreibe Dir

, weil es an der Zeit ist.

Lies diesen Brief nicht, solange Du in Gesellschaft bist. Du mußt allein sein. Zieh Dich zurück. Suche den Lieblingsplatz in Deiner Wohnung auf. Falls Du einen Hund hast, sperr ihn aus. Eine schwarze Katze kann bleiben, aber der Hund muß hinaus. Stell Dir eine Kleinigkeit zum Essen auf den Tisch. Nichts soll Dich stören.

Ich schreibe Dir, weil es an der Zeit ist. Es ist soweit.

Seit zwei Wochen kennst Du mich. Über meine Vergangenheit habe ich Dir bisher nichts erzählt. Zumeist war, worüber ich mich nicht zu beschweren gedenke, von Deinen Problemen die Rede. Wie bereits erwähnt: Ich beklage mich nicht. Du wolltest mehr über mich erfahren, aber ich wußte Deinen Fragen – wie Du bemerkt hast – geschickt auszuweichen.

Das war nicht schwer. Du bist viel zu höflich, um drängend nachzufragen. Insistieren ist Deine Sache nicht. Zum Glück: Du bist diskret, beinah scheu und schüchtern. Was weißt Du schon von mir? Manchmal hättest Du Dein Interesse ruhig bestimmter zeigen können.

Vielleicht aber warst Du auch zu sehr mit Deinen eigenen Sorgen beschäftigt. Ich erinnere mich, wie ich Dich in der Bibliothek kennenlernte. Du warst in Jean Amérys »Hand an sich legen« vertieft. Ich gab vor, dasselbe Buch bestellt zu haben, und Deine großen braunen Augen schauten beeindruckt auf meinen Entlehnschein. Ich hatte ihn erst ausgefüllt, nachdem ich Dich erblickt hatte. »Jean Améry: Hand an sich legen«.

Ich schreibe Dir, weil es an der Zeit ist. In Wahrheit wollte ich Hand an Dich legen.

Jede Geschichte hat ihren Anfang. Alles begann mit der Flut. Alles hat damit aufgehört.

Wir bewohnten ein Haus am Ufer des Stromes. Wir lebten auf einem Inselbezirk. Ich habe Dir nie von meiner Familie erzählt. Nichts weißt Du bisher über meine Frau Celia. Auch meine Kinder, Daniel und Cilly, habe ich Dir verschwiegen. Vielleicht habe ich sie verleugnet. Ich glaube nicht, daß ich ihnen ein guter Vater war.

Davon aber später. Ich schweife immer ab, wenn ich von den Kleinen beginne.

Ich besaß damals eine Schiffsspedition, wie es deren viele gab. Die Firma sorgte für Export wie Import. Ich entwickelte ein gewisses Gespür für das Auf und Ab des Marktes und den Kurs des Geldes. Ich hatte ein seismographisches Gefühl für den Lauf des Flusses und den Wandel der Gezeiten. Wir waren zwar nicht reich, aber wohlhabend geworden.

Celia hatte unser Haus von Anfang an nicht gemocht. Ein fischiger Geruch schien ihm anzuhaften, nasse Kälte hatte sich in die Wände der Gemäuer gesaugt. Mir, der ich tagsüber in den Docks zu tun hatte, fiel das gar nicht auf, aber heute glaube ich mich zu entsinnen, daß die Kinder – Daniel war fünf und Cilly drei – ungewöhnlich oft krank wurden und sich wohl zumeist der Feuchte wegen verkühlten.

Celia hatte, als wir in die Stadt gezogen waren, im Zentrum, auf dem anderen Ufer diesseits des Flusses, eine Bleibe gesucht. Eine Dachwohnung, die sie damals beziehen wollte, schien mir von meinem Arbeitsplatz – dem Strom – zu weit weg.

Ich war damals erst dreißig, aber bereits gut im Geschäft. Einige Jahre noch, so hoffte ich, und aus dem Betrieb würde ein respektables Unternehmen geworden sein. Ich sah mich bald nicht mehr täglich am Hafen stehen, sondern in einem repräsentablen Büro der Innenstadt residieren.

Celia beschwerte sich nie. So litt sie, da sie schwieg – wurde, da sie litt, immer schweigsamer. Sie kümmerte sich um mich und die Kinder, ich selbst hatte für Daniel und Cilly kaum Zeit. Vielleicht hatte ich deshalb nicht erkannt, daß wir allein der Kinder wegen unser Haus hätten aufgeben sollen.

Nachts höre ich ihre Schreie. Dani und Cilly rufen dann nach mir.

Selbstverständlich kann das, wirst Du wahrscheinlich sagen, eine Täuschung sein. Vielleicht bin das bloß ich selbst, der sich da durch die Nacht brüllt.

Aber dann sehe ich sie wieder. Kein Traum. Ich sehe ganz genau, wie sie ihre Arme nach mir recken, und ich strecke meine Hand nach ihnen. Mit der anderen umklammere ich die Leiter des Kais, spanne mich meiner Familie entgegen. Inmitten der Fluten meine dreijährige Cilly. Sie weint, schluckt Wasser und patscht herum.

Danni strampelt auf seine Mutti zu, und sie, Celia, schwimmt ohne Zögern ihren Kindern nach. Das Wasser reißt sie mit, schwappt über sie hinweg. Einmal noch sehe ich Dannis roten Pullover hier und dort Cillys blonden Schopf. Celia bekommt Cilly endlich zu fassen, wendet ihren Kopf mir zu, und dann rast der Ruderstumpf gegen ihr Hinterhaupt. Ich hörte nur noch ihre Schreie.

Peschl meinte später, daß ich sie niemals inmitten jener Flut hören hätte können. Peschl war davon überzeugt, daß das Treiben des Stromes alle menschlichen Laute übertönt hätte. Ich aber bin mir ganz sicher: Es waren die Schreie meiner Kinder. Ich horchte hin, ich schaute mich auch um, aber nirgends konnte ich sie sehen. Gehört jedoch habe ich sie deutlich.

Jede Nacht, wenn ich wieder mit den Armen gegen die Fluten rudern muß, wenn ich die Hand nach meinen Kleinen vorstrecke, höre ich sie schreien.

Peschl glaubte mir nicht. Der gute Peschl dachte, ich hätte durch mein Unglück den Verstand verloren. Urteile selbst: Habe ich in den letzten zwei Wochen auf Dich den Endruck eines Idioten gemacht?

Ich stehe tief in Peschls Schuld – ohne ihn hätte ich wohl kaum weiterleben können –, aber: mein Schicksal mag mich gänzlich erschüttert, vielleicht sogar seelisch zerrüttet haben, an geistiger Schärfe habe ich dennoch nicht verloren.

Hat Dich Deine Melancholie verdumpft? Das Gegenteil war doch der Fall. Deine stillen Ängste zogen mich sogleich an, weil Du in Deiner Einsiedelei jeden noch so leisen Ton im Widerhall der Einsamkeit vernimmst. Das ließ mich Vertrauen schöpfen.

Peschl las mich auf. Ich saß tagelang am Fluß und sprach mit niemandem. Ich trank. Ich war untergetaucht. Völlig abgesoffen: Ich wollte nicht nach Hause und nicht an den Hafen. Ich saß an jener Stelle des Flusses.

Peschl war ein kleiner untersetzter Mann. Seine unruhigen, braunen Augen waren unentwegt durch ein Lächeln verengt. Mit seinen kleinen Armen und Händen fuchtelte er geschäftig durch die Gegend. Er kannte mich von früher, war einst mein Konkurrent gewesen, dem ich an Geschäftssinn überlegen war.

Er kaufte mir sowohl das schlammig überflutete Haus ab als auch den zerstörten Betrieb. Aus dem Erlös konnte ich mein Leben eine Zeitlang finanzieren.

Kaum hatte ich alles Geld vertrunken, sorgte Peschl wiederum für mich. Er träumte anfänglich von einer Partnerschaft mit mir. Ich hätte den Betrieb weiterführen können, aber ich wollte nicht mehr.

Er stellte mich im Haus, das ich einst besessen hatte, an und gab mir ein Zimmer im Untergeschoß. Ich hatte mich um Garten und Küche zu kümmern. Ich lebte wieder in meinem Haus. Ich hörte mit dem Trinken auf.

Die Tage konnte ich nun ohne Alkohol überstehen. Nachts aber rissen mich die Schreie auf.

Eine Spinne hatte in mir gehaust. Mit freiem Auge kannst Du sie nicht erkennen, doch unter dem Mikroskop spreizt sie ihre Beißzangen. Sie krabbelt in Dir, arbeitet sich durchs Fleisch, bis Du sie erschlägst. Du glaubst Dich frei, doch Dein Körper ist ein wummerndes Nest. Noch bevor Du sie zerdrückt hast, hat sie Tausende ihrer Eier in Dir eingenistet. Nachts schlüpfen die Kleinen aus. Sie weben ihr Netz und puppen Dich ein.

Nachdem ich das erste Mal aus dem Schlaf hochgeschreckt und zum Strom gelaufen war, verbot mir Peschl, das Ufer des Flusses aufzusuchen.

Manchmal aber stahl ich mich fort und ging an jene Stelle, wo ich Cilly und Danni das letzte Mal gesehen hatte.

Peschl behauptete weiterhin, daß ich die Kleinen nie hätte hören können. Ich beharrte heftigst darauf, ihre Rufe vernommen zu haben, doch in Wirklichkeit wußte ich es nicht mehr genau. Ich wußte nicht einmal mehr, wann ich sie das letzte Mal gesehen hatte. Ich fragte mich dann: Was ist das für ein Vater, der sich nicht mehr entsinnen kann, wann er seine Kinder das letzte Mal gesehen hat?

War ich je ein Vater oder ein liebender Mann gewesen? War ich meinen Kindern noch nahe? Ich begann, an meinem früheren Leben zu zweifeln. Mein jetziges Dasein war an der Stelle des einstigen weiterverlaufen. Ich war in derselben Stadt, am selben Ort – und lebte dennoch als Fremder im eigenen Haus.

Es ist, als ob Dich auf der Zehe das alte Hühnerauge juckt, und wenn Du kratzen willst, merkst Du, daß Dein Bein amputiert ist und daß die Finger, die Du hinstrecken wolltest, auch schon weg sind, obwohl Du noch den Ehering fühlen kannst, den sie – wo ist sie eigentlich? – Dir einst angesteckt hat. Langsam blickst Du an Deinen Gliedmaßen entlang. Du, wenn irgendwer, wirst das begreifen können. Es ist, als ob Du von Dir selbst abgeschnitten wärst, als ob Du nicht mehr Hand an Dich legen könntest.

Allmählich wurde Peschl mir lästig. Zunächst empfahl er mir, einen Arzt aufzusuchen. Sodann verbot er mir plötzlich, die Wohnzimmer zu betreten. Wenn Gäste erschienen, sollte ich mich zurückziehen. Ich protestierte nicht, da er alle Rechte auf seiner Seite hatte.

Ich lebte nun schon seit einem Jahr mit Peschl: War er mit einer Person in ein Gespräch vertieft, brach er es – ganz anders als früher – ab, sobald ich in die Nähe kam. Trat ich in ein Zimmer, in dem er stand, drehter er sich hastig mir zu. Am Telefon begann er zu flüstern. Wohnungsgegenstände versteckte er vor mir, vor dem einstigen Besitzer des gesamten Inventars.

Eines Tages, ich war eben aus dem Garten gekommen, hatte Peschl die Fotos meiner Kinder von der Wand genommen.

Ich ging zu ihm und verlangte, er möge mir die Fotos wiedergeben.

Er hat aber nur erklärt, daß ich mich beruhigen solle. Da habe ich geantwortet, daß es mir egal sei, warum er mir meine Bilder wegnehme. Peschl gab daraufhin zu, daß es besser gewesen wäre, zuerst mit mir zu sprechen. Zurück bekäme ich sie aber dennoch nicht. Außerdem – er wurde nun sehr laut – solle ich jetzt aufhören, ihn anzuschreien, das habe er sich nicht bieten zu lassen, nach all dem, was er für mich getan habe.

Ob ich den Verstand verloren hätte, wo ich ohne ihn geblieben wäre – im Kanal nämlich –, ob ich nicht mehr wisse, daß es mit mir immer schlimmer werde. Er habe genug von der Brüllerei jede Nacht, sosehr er auch Verständnis dafür habe. Den beißenden Geruch, der, wie er nun behauptete, aus meinem Zimmer ströme, wolle er nicht mehr riechen. Da habe ich gesagt, daß mir das auch stinke, wie er sich in alles einmische, morgen jähre sich der Tag, an dem die Flut kam, weswegen ich Kerzen anzünden wolle.

Peschl hat lauthals gebrüllt. Ob ich überhaupt wisse, wie ich ausseh'. Das sei ja zum Fürchten, ich sei bereits ganz verrückt.

Mir war nun alles gleich. Ich konnte meinem Hirn nur noch Verschlungenes entwinden. Kein Satz hatte Anfang oder Ende.

Ich schrie, daß ich ihn nicht mehr aushielte, daß er mich umbringe und ein Mörder sei. Ein Mörder, der meine Existenz ausgelöscht hätte.

Darauf hob Peschl, er hat es sicher nicht so gemeint, die Hand zum Schlag und ließ, während er schrie, ich sei ein Kretin, seine Hand auf mich niedersausen, worauf ich kurz nach hinten auswich, und dann schlug ich auf ihn ein. Erst nach einem Dutzend Hieben bemerkte ich den Hammer, den ich noch – ich war aus dem Garten gekommen – in der Hand hielt.

Ich hatte es ganz vergessen. Es war mir nicht aufgefallen. Glaube mir: Es war schrecklich für mich. Ich haßte ihn nicht. Ich hatte ihn sogar gern.

Peschl sank blutüberströmt zusammen. Der kleine runde Mann mit Glatze streckte hilfesuchend seine kurzen Arme nach mir aus. Seine braunen Augen weiteten sich plötzlich. Er stöhnte eine Weile noch. Es war fürchterlich. Zum Glück war er bald tot.

Mit meinen Gartengeräten entstellte ich das Gesicht Peschls und seine Fingerkuppen. Seine Wertsachen verstaute ich in seiner Wohnung. Sodann wickelte ich Peschl in einen Sack und ging endlich – nach langer Zeit – wieder an den Hafen. Dort zwischen den Docks war mein Arbeitsplatz. Der Körper war bald verschwunden. Ich habe ein Gespür für den Wandel und das Auf und Ab der Gezeiten.

Als ich aber einige Tage später das Bild der von mir sorgfältig präparierten Leiche in der Zeitung fand, geschah etwas Merkwürdiges mit mir. Erschrocken war ich – entgegen meiner Erwartung – nicht, da ich auf den Bericht vorbereitet gewesen war. Als ich jedoch das Foto sah und über den Mord las, mußte ich lächeln.

Es war verrückt. Verstehe mich bitte nicht falsch. Ich bin vollkommen normal: Hätte ein Verrückter so sorgfältig die Spuren verwischen und die Leiche verschwinden lassen können?! Ich habe alles fein säuberlich bedacht. Nein, ich bin nicht verrückt!

Alles hatte nun endlich zu einem Sinn gefunden. Ich war explodiert, und mein Ausbruch hatte einen zerrissen, der mir nahegestanden war.

Ich sprach wieder mit anderen Menschen. Fragte irgendwer nach Peschl, so antwortete ich frohgemut, wie glücklich der wäre, unbegrenzt Urlaub machen zu können. Ich passe inzwischen auf das Haus auf.

Eine perlige Aufgeregtheit erfaßte mich, als ich ihn erschlug. Der Rausch hielt nicht lange vor und machte anderem Platz. Die starren Augen des Toten schauten mich an. Ich ekelte mich vor dem Blut Peschls, das mir, als ich mit dem Hammer gegen seinen Schädel gedroschen hatte, ins Gesicht gespritzt war. Da ist ein Schrumpeln, das zuweilen über meine Haut rennt. Mir ist, als hafte der Geruch der Leiche noch an mir.

Dennoch ziehe ich diesen Ekel meinen früheren Ängsten vor. Ich stehe wieder im Leben. Mehr noch: Ich bin wieder wer.

Die Wirkung seines Todes ließ aber allmählich nach.

Du hast mich in den letzten zwei Wochen kennengelernt. Erinnerst Du Dich: Du fragtest mich, ob es mich wirklich interessiere, weswegen Du Amérys Essay läsest. Ob ich nicht Angst hätte, mit Deinen Verrücktheiten konfrontiert zu werden.

Irgend etwas mußte nun passieren. Zuweilen beruhigte ich mich, daß ich in Wahrheit kein Mörder wäre: Ich hatte doch erst ein einziges Mal getötet.

Immer wieder aber trieben die Bilder in mir auf: Das Schreien des kleines Mannes und seine geweiteten Augen.

Ich begann zu kreisen, ein Sog riß mich weiter, ich dachte nur noch ans Töten: Irgend etwas mußte nun geschehen.

Vielleicht kennst Du mich schon: Ich bin der »Flußmörder«.

Ich schreibe Dir, weil es an der Zeit ist. Ich verrate mich, weil nur Du mir helfen kannst; weil ich Dir am Ende dieses Briefes eine Art Antrag machen möchte.

Du mußt wissen: Wenn ich von meinen Morden lese, wenn ich sehe, wie das Boulevard rätselt, wer ich sein könnte, wenn ich wieder die Polizei überliste und ich die Fotos der Leichen sehe, dann erkenne ich: Das habe ich getan. Ich stehe in der Zeitung: Ich bin ein Serienmörder.

Ich streife durch die Stadt und spüre Menschen auf. Nicht irgendwelche ... Jene Frau etwa, die mich so sehr an Celia erinnerte – in ihrer stillen, schweigsamen Art. Nur ein kurzer Schrei entfuhr ihrer Kehle, als ich das Messer zog und ihren Hals durchschnitt.

Für meine Morde brauche ich nicht lange. Es dauert wenige Tage. Zumeist bloß Stunden. Ich habe zuweilen einige Projekte nebeneinander laufen.

Damals etwa, als ich eine dicke, mütterliche Dame, die sich so rührend um mich kümmern wollte, erwürgte, mußte ich erst ihren älteren Mann, einen Pensionisten, der auch in der Wohnung war, erstechen. Er war blind. Ob er je begriff, wie er eigentlich starb? Er faßte sich ächzend an die Brustwunde.

Du darfst nicht glauben, daß ich die Menschen, die ich morde, hasse. Im Gegenteil: Sie sind mir zumeist sogar besonders lieb. Sie müssen mir irgendwie vertraut sein. Deshalb spüre ich in ihrem Ende mein Leben.

Der Ekel aber durchsetzt mich. Überall, durch alle Poren meiner Haut, dringt in mich der Geruch des Todes. Jedes Kleidungsstück scheint das Blut der Leichen gierig aufsaugen zu wollen.

Ich frage mich, ob ich bloß wegen der Flutkatastrophe zum Mörder wurde: Bestimmte das Hochwasser den weiteren Lauf meines Lebens? War ich ein guter Familienvater, den einfach eine Welle fortgeschwemmt hat?

War ich nicht vielmehr immer schon ein Serienmörder, der bloß den braven Spediteur, den liebenden Ehemann und den aufopfernden Papa spielte?

»The postman always rings twice«, heißt es. Wer die Glocke zunächst nicht vernehmen will, dem wird dereinst noch Hören und Sehen vergehen.

Meine Qual folgt mir in die Nächte: Die Augen der Opfer, wenn sie meine Absicht erkennen. Ihre entsetzten, ihre angstgeweiteten Augen. Ihr leerer Blick, wenn es zu Ende ist.

Glaube mir: Nie komme ich so dicht an einen Menschen heran wie in jenem Augenblick des Mordens.

Ich muß Dir all diese Schrecklichkeiten erzählen. Auch Du hast mich mit Deinen Alpträumen, mit Deinen Ängsten und mit Deinem Selbsthaß nicht verschont. Du hast gesagt, Du wüßtest nicht mehr, wozu Du eigentlich noch lebtest, nachdem Du alle, die Dir je etwas bedeuteten, mit der Zeit verloren hast; nicht unbedingt durch physische denn vielmehr durch soziale Tode. Du sagtest: »Die sind schlimmer.« Du sagtest: »Ein halber Tod ist das ganze Elend.«

Auch ich bin ein solcher Untoter. Deshalb entdeckte ich Dich sofort, als Du mit verlorenen Augen vor dem Buch gesessen bist.

Wir erkennen einander in der Menge. Es wohnen nicht wenige von uns in dieser Stadt. In letzter Zeit gibt es hier immer mehr Serienmörder.

Ich kann sie sofort ausmachen. Sie irren durch die Menschen. Die anderen gehen aneinander vorbei. Sie aber sind auf der Suche.

Einige wenige von ihnen, fünf Männer, versammelten sich sogar einmal zu einer Art »Selbsthilfegruppe anonymer Serienmörder«. Wir trafen einander nachts in einem der Docks am alten Hafen, begannen aber zu streiten.

Ein Teil von uns suchte einen Weg, um Schluß zu machen mit dem Töten. Einer aber, der »Bleistiftmörder«, hatte seinen widerwärtigen Essay mitgebracht: »Morden ohne Schuldgefühle«.

Ich schreibe Dir, weil es an der Zeit ist. Ich will Dir ein Angebot machen, das uns beiden helfen kann.

Wir zwei sind Untote. Was ist von Deinem Leben übrig? Seit dem Unfall hast Du zu niemandem mehr Vertrauen fassen können. Mir hast Du Dich eröffnet, weil Du unsere Verwandtschaft ahntest.

Mit dem Unfall, glaubst Du, hätte alles begonnen. In Wirklichkeit war schon früher Dein Schicksal entschieden. »The postman always rings twice.« Was auftauchen muß, wird wiederkehren.

Du warst immer schon unerreichbar für alle, die mitten durchs Leben gehen. Du bist abseits. Wie ein Korken schwimmst Du obenauf. Du wirst nie in den Strom der Menschen finden. Erst wenn Du untergehst, wirst Du eintauchen können.

Auch Dich hat schon der Wunsch durchzuckt, jemanden umzubringen. Du selbst hast mir diesen Gedanken gestanden. Dennoch würdest Du niemals morden. Dir fehlt die Entschiedenheit.

Wenn Du Dich aber selbst morden würdest, wenn Du den Moment, die Situation und die Form Deines Todes wählen und bestimmen könntest, dann hättest Du mit jenem, Deinem von Dir selbst gewählten Ende Dein Leben manifestiert. Deshalb hast Du »Hand an sich legen« gelesen. Du warst bereits auf der Suche: Indem Du Dich aus Deinem Dasein katapultierst, hebst Du Dich gleichzeitig darüber hinweg.

Der Freitod wäre ein Ausweg für Dich, aber Du kannst ihn nicht wählen. Dir fehlt – nennen wir es einfach – der Mut. Zu einem Entschluß hättest Du Dich bereits durchgerungen, doch an Entschlossenheit mangelt es Dir.

Ich schreibe Dir, weil es an der Zeit ist.

Ich will Dir ein Angebot machen: Sprich Du Dir Dein Urteil; ich werde es vollstrecken.

Gegen Deinen Willen könnte ich Dich nicht töten. »Er konnte nicht in das Grauen ihrer braunen Augen schauen«, würde das Boulevard schreiben, wenn sie mich faßten.

Laß uns einen Deal abschließen: Du brauchst nur zu unserem Treffpunkt im Hafen zu kommen, und ich werde dort sein.

Mache Dir keine Hoffnungen. Ich werde Dich nicht gegen Deinen Willen töten.

Wenn Du in vier Wochen, am 24., nicht zu unserem vereinbarten Stelldichein erscheinst, werde ich Dir nie mehr anbieten, Dich zu morden; dann werde ich »Hand an mich legen«.

Wenn Du den Termin ungenützt verstreichen läßt, werde ich Dir keine weitere Chance geben. Wenn nicht Du, so werde ich in dieser Nacht sterben. Du kannst wählen zwischen meinem Selbstmord und Deinem Freitod. »The postman always rings twice.«

Ich werde bis Mitternacht warten. Ich bin ganz sicher, daß Du erscheinen wirst. Du kannst nicht anders.

Komm am 24. um dreiundzwanzig Uhr zu unserem Treff am Kai. Zu den Werften des alten Hafens.

Laß mich nicht lange warten. Ich werde da sein. Ich weiß, daß Du mich nicht enttäuschen wirst.

P. S.: Zieh Dich fest an: Nachts regnet es jetzt oft.
Vernichte den Brief.

Als Carmen Stuart den Brief aus der Hand legte, konnte ihre Verwirrung größer nicht sein. Sie lebte in Marseille. Sie hatte nie jene Stadt besucht, aus der die Expreßsendung, mit Klebebändern umschnürt, angekommen war.

Sie war seit vielen Monaten in keiner Bibliothek gewesen. Den Namen Jean Améry hörte sie zum ersten Mal. Auch hatte sie in den letzten Wochen keinen Mann kennengelernt, der ihr solch einen Brief schreiben hätte können.

Nie hatte sie einen schweren Unfall erlebt. Weder hatte sie über einen halben Tod philosophiert noch je über ein ganzes Elend. Den Brief hatte sie nichtsdestotrotz voller Spannung gelesen.

Ihre Klientel war mit ihren Entwürfen äußerst zufrieden. Die Konkurrenz mochte sie um ihren Erfolg beneiden, aber dennoch hatte Carmen keine Feinde. Zu irgendeiner Racheaktion gegen sie bestand kein Anlaß.

Carmen warf den Brief auf den Stahltisch, der an

Drahtseilen von der Decke hing. Sie rekelte sich gähnend auf und stieg die Wendeltreppe zu ihrem Arbeitszimmer hoch. Hier standen Bücher wohlgeordnet in einem offenen Holzregal, das die ganze Wand ausfüllte.

Bände über Architektur drängten sich eng an Prosa. Auf einer Seite des Regals waren Klassiker der Krimis und Kurzgeschichten dicht aneinandergereiht.

Carmen strich mit ihrem Finger über die Buchrücken. Bei einem Band von Edgar Allan Poe machte sie halt.

Über den Zeichentisch des Ateliers gebeugt, blätterte sie das Werk ziellos durch.

Mit einem Ruck war sie beim Telefon. Wenige Anrufe, und schon war sie mit der Chronik einer ausländischen Zeitung verbunden.

»Der Flußmörder?« hörte sie die ferne Stimme des Redakteurs. »Und ob. Die ganze Stadt ist in Panik. Die Toten soll er mit Gartengeräten bearbeitet haben. Der wirft die Leichen säckeweise in den Fluß.«

Es war bereits nach Mitternacht. Carmen hatte sich wieder auf die Couch geschlängelt und untersuchte den Brief. Sie zweifelte keine Sekunde daran, daß das Schreiben von der Hand eines Mannes stammte.

Sie schaute auf die Absenderadresse: Doch hier stand eben kein Männername. Cindy Läufer, eine Frau, hatte ihr diesen Brief geschickt.

Plötzlich lächelte sie und sagte: »The postman always rings twice.«

Sie verstand: Der Flußmörder hatte den Brief einer – wie er meinte – fiktiven Frau geschickt. Er kannte keine Carmen Stuart. Er hatte sich einen Namen ausgedacht:

ein verschrobener Einfall, um die Polizei zu täuschen, um ihr ein weiteres Rätsel aufzugeben, falls der Brief nach der Ermordung dieser Cindy Läufer gefunden worden wäre. Die von ihm frei erfundene Dame hatte er – zufällig – Carmen Stuart genannt. Sie sollte in Marseille in einer von ihm phantasierten Straße wohnen. Er war beruhigt gewesen, als er den Namen der Empfängerin, »Carmen Stuart«, nicht im Marseiller Telefonbuch gefunden hatte.

Hatte er wissen können, daß Carmen eine Geheimnummer hatte? Hatte er ahnen können, daß sie seine Sprache beherrschte? Kleine Unstimmigkeiten in der Anschrift hatte die Post übergangen.

Gewiß nahm er an, es würde keine Carmen Stuart in Marseille leben. Sein Brief würde, meinte er, in das fremde Land gelangen, dort aber von der Post zurückgeschickt. »Return to sender. Address unknown«, würde es heißen.

Jenen Raum, der eigentlich dem Absender – dem »sender« – zugedacht war, hatte er deshalb der wahren Adressatin gewidmet. Hier hatte der Flußmörder den Wohnort der Freundin, Cindy Läufer, eingetragen. An sie sollte die Post den Brief retournieren.

Sein Name blieb solcherart auf jeden Fall aus dem Spiel. Die Polizei wäre zunächst verwirrt, wenn sie den Brief auffände. Cindy jedoch würde sofort wissen, wer den Brief geschrieben hatte. Sie würde, da sie seine Adresse und seinen wahren Namen nicht kennt, ihn endlich – nach vier Wochen – wiedersehen wollen. Sie würde kommen, hatte er gedacht.

Carmen zückte den Kalender und prüfte ihre Termine. Sie merkte sich den 24. für eine Reise in eine Stadt vor, in der sie noch nie gewesen war. Sodann kramte sie den Spiegel hervor und schminkte ihre großen, braunen Augen.

Über die Säure des Regens

Kapl schwitzte überaus gewichtig. »Meine Damen und Herren, ich darf Sie im Namen des Oberbürgermeisters zu unserem Arbeitskreis begrüßen.« Der Regen klatschte einen Zwischenapplaus an die Fenster, ehe Kapl fortfuhr. Ein Arrangement aus Politik, Wissenschaft und Verwaltung füllte den Saal in mehreren Halbkreisen. Wasser tropfte von einem Fleck an der Decke in einen Eimer, der auf den Boden gestellt worden war. Kapl kam zum Ende: »Wir wollen der Tagesordnung folgen. Beginnen wir sogleich mit dem Referat von Doktor Paul Rauch, den ich Ihnen, meine Damen und Herren, ja nicht vorzustellen brauche. – Doktor Rauch, wenn ich bitten darf.«

Rauch auf und voran, ging aber nicht zum Rednerpult, drehte sich statt dessen plötzlich um, schaute hoch und erklärte: »Ich werde heute, trotz der freundlichen Einladung, hier nicht sprechen. Vielmehr kam ich nur, um meine verbale Abstinenz zu deklarieren.«

Rauch veranstaltete einen Abgang, doch Kapl insistierte: »Ja, Herr Kollege, wollen Sie denn Ihr Referat etwa nicht halten?« – »So ist es. Ich werde schweigen«, verkündete Rauch feierlich. – »Frechheit«, bemerkte Professor Caspar, den seit längerer Zeit eine intensive Feindschaft mit dem jungen Biologen verband. Rauch war zufrieden.

Er wurde allseits – freundlich von den einen, verärgert von anderen – aufgefordert, seinen Vortrag zu halten. »Seien Sie nur ruhig so kritisch, wie Sie wollen.« – Rauch gallig: »Wie ›ruhig kritisch‹? So kritisch ruhig wie Sie, meine Damen und Herren? Sie Schallschlucker und ich Geräuschkulisse? Ist es das, was Sie wollen? Sie Vollgas und ich Flüsterasphalt?«

Caspar zürnte: »Kollege Rauch, Ihnen können wir es nie recht machen. Sie mit Ihrem ewigen Widerspruch. Erst kommen Sie mit Ihren haltlosen Behauptungen und schaffen öffentlich Panik, dann aber, wenn wir die wahren Probleme behandeln, die niemand je geleugnet hat – was tun Sie dann: Sie inszenieren. Sie verwechseln da was, Rauch: nämlich politische Vision mit dramaturgischer Vorstellung.«

In das kurze Schweigen rief eine sehr Engagierte: »Während wir hier streiten, stirbt der Wald!« Rauch schrie: »Sie sind für mich bereits gestorben. Sie sind schon tot, und ich lese Ihre Nachlässe, Ihre Ablässe, Ihre Gutachten, und deshalb traure ich jetzt um Sie, und zwar schweigend.«

Gutmeinende versuchten Rauch umzustimmen. Kompromisse verschiedener Art wurden angeboten. – »Ich will mich gar nicht einigen. Sie sammeln mich ein, um Ihre Kollektion zu komplettieren. Wenn ich hier bin, bin ich mit von Ihrer Partie. Sie werden nur so lange verkraften, was ich zu sagen habe, bis Sie mich in eine Ihrer konsensualen Lösungen eingebunden haben. Meine Position soll nicht an die Öffentlichkeit dringen, aber meine Teilnahme hier Ihrer Harmonie den passenden Kontrapunkt verleihen. Sie wollen meine Absolution? Sie wollen einen Konsens mit mir? Sie wollen alle Widersprüche ausräumen? Nicht mit mir. Ich lasse mich nicht ausräumen. Es ist Zeit, das Trennende über das Gemeinsame zu stellen.«

Kapl fragte: »Sie wollen keinen Konsens? Sie wollen nicht, daß wir alle Positionen abklären?« Und Rauch antwortete: »Ich will keine Flurbereinigung. Ich will den Widerspruch.«

»So geht das nicht, Herr Doktor«, setzte eine Politikerin dagegen. »So nicht. Sie beschimpfen uns in den Medien – mich bezeichnen Sie als diktatorisch –, und wenn wir Sie zu einem Arbeitskreis einladen, verweigern Sie sich. Sie sind nur selbstgerecht. Herr Doktor, streiten wir nicht herum, lassen Sie uns reden miteinander. Die Wahrheit liegt doch immer in der Mitte.« – »Die Wahrheit lügt nicht – und wo ist schon die Mitte? Und überhaupt: Ich bin nicht Ihr Mittler.« Rauch fühlte sich wohl wie schon seit Wochen nicht mehr, da vernahm er ihre – Anas – Stimme: »Wer jetzt schweigt, hat aufgegeben. Wie oft hast Du Dich beschwert, überhört zu werden, Paul?«

Die Beziehung war abgelaufen, war ausgelaufen. Begonnen hatte alles mit einem Endspurt, mit dem Ana einer anderen Liebe entkommen war. Mit Ausflüchten hatten sie angefangen; ohne zu wissen, was in ihnen ablief, waren sie aufeinander zugestürmt.

Im Gleichschritt studierten sie. Sie waren in ein ruhiges Tempo gefallen, waren zusammengezogen, hatten geheiratet, und ein Kind war unterwegs. Tagsüber quälten sie sich im immergleichen Trott, nachts keuchten sie gegen ihre Atemnot, aber ihnen war letztlich doch die Luft ausgegangen, Paul war aus dem Schritt geraten und hatte den Boden unter den Füßen verloren.

Er hatte sich auch gegen die gesamte Kollegschaft gestellt, wollte mit einem Mal gegen die ganze Fakultät anrennen, aber insbesondere gegen seinen einstigen Lehrer und Gönner, Professor Caspar.

Ana sagte: »Er ist einfach ausgestiegen«, und Paul hatte sie eine Mitläuferin geschimpft. Ana war ihm enteilt.

Paul Rauch, der bereits bei seinem Erscheinen so getan hatte, als ob er Ana übersehen hätte, sagte: »Wenn ich heute rede, ist das Kapitulation. Es kann einfach nicht über alles geredet werden. Wollen Sie etwa einen theoretischen Disput darüber führen, ob Sie eigentlich lebenswert sind? Es kann nicht über alles geredet werden. Verstehen Sie? Ich würde, um hier ein Beispiel anzuführen, niemals über meine etwaige Hinrichtung diskutieren – würde nie mit meinen Henkern über das Für und Wider meiner Exekution debattieren. Es gibt Grenzen. Für mich sind sie hier erreicht. Soll heißen: Ich lasse mich nicht totreden.«

Rauch wurde allgemein versichert, daß doch niemand über seine Hinrichtung sprechen wolle. Nicht wenige nahmen es dem absonderlichen Kollegen krumm, solch ein abstruses Beispiel überhaupt vorgebracht zu haben. »Niemand sprach über eine Hinrichtung«, wurde mißmutig geäußert.

Ein Philosoph aber spekulierte: »Wenn wir jedoch über die Hinrichtung von irgend jemandem reden wollten, dann müßte sehr wohl darüber geredet werden können.« – Rauch lauschte lächelnd, kopfschüttelnd, dem Disput.

»Ich gebe Ihnen im Konjunktiv recht, aber niemand hegt hier Aggressionen gegen Rauch«, wollte ein Beamter beschwichtigen. »Na, so einfach ist das auch wieder nicht«, schaltete sich ein Magister Patt ein. »Doktor Rauch hat sich durchaus nicht nur Freunde gemacht mit seiner Art. Wäre er bloß ein scharfer Kritiker, so wären wir sicher bereit, seine Form der Hingabe für unsere Gemeinschaft anzuerkennen. Rauch aber versperrt sich nur. Allem.«

Die Regentropfen platschten in den penibel postierten Wasserkübel, der langsam überfloß. »Ereifern wir uns nicht ein bißchen sehr, Herr Kollege«, schmunzelte ein entfernter Bekannter Rauchs gemütlich.

»Sind Sie etwa auch der Meinung, daß wir nicht über alles sprechen sollen, Moser? Langweilen Sie sich ebenfalls über unsere Reden? Sind wir Schallschlucker? Glauben auch Sie, daß wir Tote auf Vollgas sind?« fragte Professor Caspar.

»Keineswegs«, nahm sich Moser, der noch vor kurzem so vergnüglich war, schnell zusammen. »Bitte, hier liegt eine Verwechslung vor. Legen Sie mir nichts in den Mund. Natürlich meine auch ich, daß wir über alles reden können sollten, wenn wir nur wollten. Auch über die Hinrichtung. Aber deswegen müssen wir uns nicht gleich so ... Bitte, schauen Sie mich nicht so merkwürdig an. –

Ich habe mit Rauchs Position überhaupt nichts zu tun. Ich beurteile sie genauso negativ wie alle hier.«

Rauch lachte auf: »Starverteidiger plädiert für Höchststrafe«, und hierauf knurrte Moser: »Also mir ist es wirklich auch schon gleich, was jetzt hier geschieht.«

»Egal ist es Ihnen? Gerade das sollte es Ihnen aber nicht sein, Moser. Unser Gespräch über Rauchs Hinrichtung sollte niemand – ja, niemand – auf die leichte Schulter nehmen.« Professor Caspar hatte mit diesen Worten die Diskussion neu eröffnet.

Paul und Ana Rauch senkten ihre Blicke ineinander.

Sie hatte ihn verlassen, nicht für einen und nicht wegen einer anderen – beides hatte es im Laufe der Jahre durchaus gegeben –, sondern weil sie ihn und seine Kämpfe nicht mehr aushalten wollte. Paul sagte: »Du hast alles zerstört«, aber Ana zuckte die Achseln und meinte bloß: »Nicht schon wieder.«

Kapl beschwichtigte: »Geht das nicht zu weit? Mäßigen Sie sich doch bitte. Niemand hier will eine Bluttat begehen.« – Der Philosoph theoretisierte: »Endlich wird klar, daß es nicht allein um das Ob geht. Das Wie ist von entscheidender Bedeutung. Wir sollten darüber diskutieren.«

Ein peinliches Schweigen hing im Raum. Alle spürten, daß manchen die letzte Äußerung zu weit gegangen war, doch niemand traute sich nach Mosers Mißerfolg, dagegen aufzutreten. Ein international anerkannter Forscher hob eben zu sprechen an, als Ana sich nicht mehr zurückhielt. »Lassen Sie ihn doch in Ruhe. Was hat Ihnen Paul denn getan? Ihr Benehmen gibt ihm recht. Mit Ihnen ist nicht zu reden.«

Ein Lächeln ging durch die Kollegschaft, selbst jene, die vorher noch für Rauch Partei ergreifen wollten, wendeten sich nun ab, pikiert, eingeweiht, abgebrüht, und Ana Rauch, eine ansonsten ob ihrer Professionalität allseits angesehene Wissenschaftlerin, wurde teilnahmsvoll bedauert.

»Meine liebe Frau Doktor, wir verstehen Ihre Emotionen. Nichtsdestotrotz sollten wir einen klaren Kopf bewahren. Sine ira et studio«, sagte Caspar.

Rauchs Lächeln war während Anas Worten erstorben: »Das ist ja lächerlich! Ich gehe jetzt.« – »Sie werden nun sicherlich nicht einfach verschwinden. Das wäre noch schöner. Schließlich geht es um Sie«, warf einer energisch ein. Ein Mann mit Zürcher Akzent sekundierte: »Sie werden sich wohl nicht auch noch drücken wollen, wenn es sich um Ihre eigene Hinrichtung dreht!« Moser, der um seinen alten Bekannten, Paul Rauch, sehr besorgt scheinen wollte, insistierte nachdrücklich: »Rauch, jetzt können Sie nicht einfach gehen.«

Rauch sagte: »Wenn ich will, kann ich gehen«, und er schritt sogleich los, da trat ihm ein junger Forscher entgegen, den Rauch noch nie bemerkt hatte, ein Messer in der Hand.

»Lassen Sie mich durch«, schrie Rauch auf und versuchte, einen Ausweg zu finden, doch wo er sich auch hinwandte, andere hatten ihm ebenfalls die Flucht verstellt...

Eine Abstimmung über die Hinrichtung wäre sinnlos gewesen: Die Mehrheit hatte sich zusammengerottet – ein Verhaltensforscher hatte gar eine Hippe und ein junger Soziologe einen Springer hervorgezogen –, während der alte Hauswart in den Saal geschlurft kam, die Kübel auszutauschen, und unbekümmert vom Geschehen – achtvoll jedoch, dem Gedränge aus dem Weg zu gehen – den vollen Wassereimer mitnahm.

Die Menge kreiste Rauch ein und kam näher. Manche blickten ernst, andere grienten ihn seltsam an, alle aber hielten kurz vor Rauch, als wüßten sie nicht genau, ob hier bloß ein theoretisches Spiel, ein sozialwissenschaftliches Experiment, durchgeführt würde, ob vielleicht Rauch nur zu bleiben gezwungen werden solle, oder ob ein bereits gefällter Richtspruch vollzogen werden würde. »Nein«, stieß Rauch hervor. »Das kann doch nicht Ihr Ernst sein. Das ist doch nur ein Scherz? – So lassen Sie uns doch darüber reden. Bitte!«

»Reden«, fragte Caspar und lächelte mit einem Mal. »Aber natürlich, Rauch. Warum nicht gar? Das wollten wir doch von Anfang an.«

Die anderen stockten, hielten plötzlich inne und steckten überaus langsam ihre Messer weg, während Kapl erklärte: »Nun denn, zur Tagesordnung. Kommen wir gleich zum ersten Punkt: Herr Doktor Rauch. Ihr Referat. Bitte!«

Der Regen brandete auf. Vom Rednerpult aus blickte Rauch ins Auditorium: Ana war gegangen.

Die Exekution

Die Bühne liegt in einem nur durch wenige Aufhellungen perforierten Dunkel. Zu hören ist: ein ferner Regen. Lichtkegel schaffen Ordnung, fallen auf eine Mauer, die einst weiß getüncht war und bis auf einige rote Flecken in regenfeuchter Helle aufglänzt.

Der gesamte Theaterraum stellt eine aufgelassene, verfallene Fabrik dar. Das Publikum sitzt im Trockenen und blickt aus dem noch halbwegs erhaltenen Inneren der Maschinenhalle auf den ruinöser arrangierten Rest im Vorderbau. Stahlkonstruktionen ragen von der Decke, die über der Bühne bereits gänzlich eingestürzt ist. Einzelne Mauerteile liegen auf dem Schauplatz herum. Einige Balken des Plafonds sind aber noch übriggeblieben, zwischen denen wird ein schwarzer Himmel – sternenlos – sichtbar.

Allmählich wird das Rauschen des Regens übertönt von einem fernen, näher kommenden Knistern, dann einem periodischen Trommeln. Mit einem Mal überschwemmt das Getose den Raum. Zwei Soldaten treten von rechts auf. Der erste rührt Welle für Welle eine Heroldstrommel. Der zweite paukt im Gegenzug sein größeres, bauchiges Schlaginstrument. Ein Gefesselter stolpert ihnen hinterher. Der Delinquent, der zwischen zwei Aufpasser gekettet ist, lahmt. Er ist blutig geschlagen. Ihm folgen sechs weitere Uniformierte, die Gewehre geschultert.

Das Schlußlicht bildet Ninon. Ninon: Die Trauerkleidung unterstreicht sorgfältig ihre strengen Züge. Mit ihrem Auftreten erst beginnt das Stück.

1. Soldat: »Aufstellung nehmen!«

Der Delinquent wird nach links geführt, und das Kommando postiert sich auf die rechte, ihm gegenüberliegende Seite der Bühne. Ninon steht frontal vor dem Publikum.

1. Soldat: »Habt acht! – Legt an!«

Der Trommler rührt auf. Ninon schaut gestreng ins Publikum.

1. Soldat: »Halt!«

Die Trommel hält ein. Die Truppe läßt die Gewehre sinken.

1. Soldat: »Hast du noch einen Wunsch?«

Der Delinquent spricht – verquält, da er geschlagen wurde: »Wunsch?«

1. Soldat: »Du kannst dir etwas wünschen!«

Der Delinquent: »Was darf ich mir wünschen? Ich habe keine Ahnung.«

3. Soldat (zynisch): »Sag bloß: Das ist seine erste Hinrichtung.«

4. Soldat (lachend): »Wenn ich das gewußt hätte, wäre ich nicht mitgekommen.«

2. Soldat (trocken): »Mach Dir keine Sorgen: Es wird schon klappen.«

1. Soldat: »Willst Du vielleicht eine Zigarette?«

Der Delinquent: »Eine Zigarette? Gerne.«

Ninon: »Aber Du hast doch nie geraucht.«

Der Delinquent: »Dann werde ich jetzt anfangen.«

Ihm wird eine Zigarette gereicht. Er raucht sie hastig mit den zusammengebundenen Händen auf.

Der Delinquent: »Noch eine.«

1. Soldat: »Noch eine? Na schön: Eine noch.«

Die Soldaten haben es sich inzwischen bequem gemacht, einige rauchen nun ebenfalls.

2. Soldat: »Was hast Du eigentlich angestellt?«

Der Delinquent: »Lange Geschichte.«

3. Soldat (spöttisch zum 2. Soldaten): »Stör ihn nicht: Der Mann hat's eilig.«

4. Soldat: »Es pressiert wohl sehr, was?«

Ninon (auffahrend): »Laßt ihn in Ruhe!«

1. Soldat: »Wir wollen bloß wissen, was er angestellt hat. Bald schon – einige wenige Lungenzüge noch – muß ich ihn ... (zum Delinquenten) Na, sag schon: Was hast Du angestellt?«

Der Delinquent: »Es ist eine lange Geschichte. Noch eine Zigarette, bitte.«

Der fünfte Soldat steckt ihm eine Zigarette in den Mund und gibt ihm Feuer.

Der Delinquent: »Eine sehr lange Geschichte.«

Boris hatte sich bereits festgelegt: Raoul spielte wieder einmal miserabel.

Boris saß in der dritten Reihe, neunter Sitz rechts. Seine Socken und Schuhe vom Regen durchnäßt, die Füße klamm von der feuchten Wolle. Allerlei Stählernes franste von der Decke: Eine, wie er befand, peinlich outrierte Collage.

Nur die Maschinenersatzteile, über die er zu seinem Sitzplatz gestolpert war, boten erfreuliche Einsichten: Die Innereien und Leistenbänder der Motoren – Turbinen, Kugellager, Keilriemen und Zahnradketten – lagen ölig ineinander verkrallt.

Boris hatte sein Urteil gefällt: Raoul, dachte er, gäbe keinen verblutenden Delinquenten, sondern bloß einen blutigen Dilettanten ab. An Ninon hatten sich seine Augen jedoch sogleich wieder festgesaugt.

Er hatte Ninon vor vielen Jahren in der Schauspielschule kennengelernt. Sie waren das Paar der Saison, und bis heute verstand Boris nicht, wie ihn eine solche Frau je hatte lieben können. Ninon mit ihren sanften, jedoch unstillbaren Augen hatte mit Boris zusammen gewohnt. Ninon war von der Genialität ihres Liebhabers überzeugt. Boris auch.

Ninon selbst aber hatte damals – voller Selbstzweifel – unentwegt an ihrer eigenen Kunst gearbeitet. Sie hatte Rollen gelernt, ihre Stimme geübt und täglich stundenlang ihren Körper trainiert. Boris war von ihr begeistert. Sie hatte die Bewegungen aller auffälligen Menschen imitiert.

Boris – in der dritten Reihe am neunten Platz von rechts – konnte der Hinrichtung, der Aufführung, nicht mehr folgen.

Damals hatten sie beschlossen, mit einigen anderen eine Theatergruppe zu gründen. Ninon und Boris waren die

Stars der Crew gewesen. Er hatte die besten Ideen entworfen. Sie beherrschte die Bühne.

Eines Tages war neu rangiert worden. Ninon hatte sich von ihm abgekoppelt. Sie fuhr eine Zeitlang zweigleisig. Plötzlich war die Sache entgleist. »Nichts erhitzt mich mehr als die permanente Prüfung, cool zu bleiben«, dachte sich Boris und blickte auf eine verchromte Trommelwalze, die im Dunkel hervorleuchtete.

Damals hatten sie ein Stück in neuester Inszenierung zum ersten Mal aufgeführt. Die Premiere war beinahe schon überstanden, da geschah es: Ninon sollte seinen Kopf in einen Kübel voll Wasser stecken. Boris aber, aus irgendeiner Laune heraus, die er sich bis heute nicht erklären konnte noch erklären wollte, widersetzte sich seiner ehemaligen Geliebten. Das Publikum bemerkte voll Entzücken das Rucken und Zischen auf der Bühne, glaubte jedoch, daß dies Teil der avantgardistischen Aufführung wäre.

Ninon verfluchte Boris, drängte seinen Kopf hinab, doch der hielt ihn starr aufrecht. Sie blickte verzweifelt zu Raoul, der ihr – schon seit einiger Zeit – so manches bedeutete, was sich auf Boris bezog. Ninon packte Boris mit neuem Elan bei seinen Scheitellocken, stemmte sich auf und stürzte seinen Kopf mit ihrem ganzen Gewicht in den Eimer. Boris prustete nicht unamüsiert ob des, wie ihm schien, gelungenen Einfalls.

Ninon aber – in der Ernsthaftigkeit ihrer Schauspielkunst von der alten Liebe im Innersten getroffen – drückte den Schädel weiter unter Wasser. Auch Ninon gewann jetzt allmählich Gefallen an der Komik der Situation. Nach einer Weile hatte jedoch Boris seine gute Laune endgültig verloren: Er drängte in Atemnot nach oben und schlug wild um sich. Ninon aber hielt ihn eisern fest.

Boris, dem die Luft ausging, begann nunmehr Wasser zu schlucken. Er geriet in Panik und stemmte sich mit letzter Kraft hoch, so daß er sich Ninons Griff endlich entwinden konnte, nicht jedoch ohne büschelweise Haare zu verlieren. Er schnellte hoch und versetzte seiner über alles geliebten Ninon einen gezielten Kinnhaken, der sie kopfüber zu Boden stürzen ließ.

Raoul, einstmals sein alter, nun jedoch Ninons neuer Freund, stürmte auf ihn los, und ein heftiges, kopfloses Tête-à-tête war nicht mehr zu vermeiden. Die beiden Männerschädel krachten zusammen, und die Herren Kollegen taumelten ineinander. Der Vorhang fiel.

Das Publikum konnte sich vor Freude kaum mehr halten, der Abend war ein voller Erfolg, und die Kritiker überschlugen sich. Das abrupte Ende wurde als besondere Finesse gefeiert.

Ninon aber landete mit einer Gehirnerschütterung im Spital.

Auch Boris kam ins Krankenhaus. Das alles hatte sich bereits vor Monaten zugetragen: Seit jener Nacht durchjagte ihn ein rasender Schauer. »Nervenzusammenbruch«, hatte es geheißen.

Irgendwie war sein Kopf immer noch im Eimer. Irgend etwas hatte ihn überschwemmt. Er war noch in Behandlung. Das wäre gut so, meinten die anderen. In ihm war alles verschwommen. Langsam erst klarte er auf.

Die Truppe kümmerte sich, das mußte selbst Boris einbekennen, besonders liebevoll um ihn. Ninon und Raoul besuchten ihn oft, und sie hatten ihm seinen spontanen, unmöglichen Auftritt, jene Einlage mit dem Wasserkübel, die sie danach in leicht veränderter Besetzung einstudiert hatten, längst schon verziehen.

Er möge, meinten sie, bloß schnell gesund werden. Dann könnte es, so sagten sie, werden wie einst. Sie würden ihn wieder aufnehmen – in ihr, in sein Ensemble. »Kopf hoch!« hatte ihm Ninon letztes Mal bedeutet.

»Ob ich meinen Kopf jemals wieder hoch, jemals wieder aus dem Wasser bekomme? Ob sie mich wirklich wieder aufnehmen?« fragte Boris seinen Therapeuten in der Sitzung. »Ob sie mir nicht vielmehr jetzt bloß Mut machen wollen, weil ich krank bin? Könnte ich überhaupt noch mitspielen, Doktor?«

»Warum diese Frage? Und warum gerade jetzt?« hatte ihm der Psychoanalytiker wie immer entgegnet.

In der dritten Reihe, neunter Platz von rechts saß mit durchweichten Schuhen Boris. Seine einstigen Kollegen hatten ihn zu ihrer Premiere eingeladen.

Raoul selbst, der ihm, wie es Boris anfänglich schien, noch vor kurzem gezürnt hatte und der, solange Boris noch absent war, seine Rollen spielen durfte, hatte den Sitz für ihn ausgewählt. Ein zentraler Platz mit freier Sicht auf die Bühne.

Das Stück, die Hinrichtung, neigte sich dem Ende zu.

5. Soldat: »Wegen so etwas sollte niemand umgebracht werden.«

1. Soldat: »Hört her: Ich habe eine Idee. Wir verwenden einfach Platzpatronen statt der echten. Paß auf: Du mußt umfallen, als ob Du getroffen worden bist. Ist das klar?«

Der Delinquent: »Sicher!«

1. Soldat: »Gut. – Ninon, du muß aufschreien. Hörst Du? Laut aufschreien mußt Du. Da sollen alle zusammenfahren vor Schreck.«

Der Delinquent (laut): »Das ist ja wunderbar.«

1. Soldat: »Nicht so laut! Bist du verrückt? Ganz ruhig bleiben. Stell dir vor, wir würden beobachtet. Geht, Ninon und Du, nach hinten und sprecht die Dramaturgie ab. Es muß klappen, sonst sind wir alle geliefert. Manchmal machen sich welche von den Oberen den Spaß (er blickt forschend in Richtung Publikum), bei einer Exekution zuzuschauen. Wir werden in der Zwischenzeit umladen. In fünf Minuten geht es los.«

Der Delinquent und Ninon gehen umarmt nach hinten ab.

4. Soldat: »Sagt einmal, ist Euch klar: Das kann uns Kopf und Kragen kosten.«

3. Soldat: »Kommandant, der Delinquent ist fein raus. Aber wir stecken jetzt mittendrin.«

1. Soldat: »Keine Angst, Leute. Es gibt kein Problem. Ob wir jetzt wirklich Platzpatronen verwenden oder scharfe Munition, ist doch nicht so wichtig. Hauptsache: Er glaubt, daß es Platzpatronen sind. Verstanden? Wenn er glaubt, zu überleben, stirbt er – bis zuletzt – eben auch

wirklich nicht. Er denkt, daß es Platzpatronen sind: das ist das Entscheidende.«

5. Soldat: »Und sie? Ninon?«

1. Soldat: »Glaube mir, die hat das schon längst begriffen. – Was er glaubt, das ist das Entscheidende.«

2. Soldat: »Ja, für ihn vielleicht. Aber für uns: Für uns stellt sich doch trotzdem die Frage: Was sollen wir tun. Sollen wir ihn erschießen oder nicht?«

Er dreht sich zum dritten Soldaten: »Willst Du ihn erschießen?«

»Oder etwa Du?« fragt er den vierten.

Die beiden zucken die Achseln und schütteln resigniert den Kopf.

Der vierte Soldat wendet sich mißmutig und behäbig an den ersten Soldaten: »Was sollen wir jetzt tun, Kommandant? Platzpatronen oder scharfe Munition?«

Der erste Soldat geht nach vorn und richtet seine Blicke auf das Publikum.

Boris aber konnte sich des unbestimmten Gefühls, er schaue direkt auf ihn, nicht ganz erwehren und zuckte zusammen, als er Franz, seinen Kollegen, der den Kommandanten spielte – übrigens ganz gut, wie er eingestehen mußte –, mit einem Mal so merkwürdig laut sprechen hörte: »Das muß jeder von Euch für sich selbst bestimmen.«

Dann führten sie den Delinquenten nach vorn. Sie stellten ihn dieses Mal aber nicht auf die linke Seite, sondern vor dem Publikum auf.

Die Trommel regte sich wieder, kurz und scharf ertönten die Kommandos des ersten Soldaten. Er stand rechts vor der Truppe. Ninon postierte sich links. Beide schauten nach vorn, und wieder schien es Boris, als gälten ihm die Blicke, als würden auf der Bühne geheime Zeichen getauscht.

»Feuer«, blitzte nun das Gebrüll des Kommandanten auf. Das Licht erlosch.

Beim Aufknall der Gewehre riß es Boris unwillkürlich hoch. »Boris!« konnte er noch Ninons Stimme vernehmen, da fuhr ihm ein heißer Schmerz mitten durch die Brust.

Der Schauer und die Seherin

Der Mann auf der Parkbank, ungelenk die Beine aneinandergepreßt, wendet sein Antlitz ab.

Die gesamte Szenerie, die Staudenhecke, das Gesträuch, die Wiese im Hintergrund, der Mann im Zentrum und der Asphaltweg zu seinen Füßen, ist in ätherblaue Kälte getaucht, der sich nur das Licht einer Laterne widersetzt.

Heller auch das Gesicht des Mannes. Er sitzt da in sich verfangen, als wäre er verschraubt. Nur Stirn und Schläfe sind noch auszumachen: Die Inquisition des Alters hat vorzeitig zugeschlagen. Die Augen sind gesenkt. Der schlanke Körper läßt auf den ersten Blick einen etwa Fünfunddreißigjährigen erahnen. Die Hände sind noch von kräftiger Jugendlichkeit: der einzig rosige Schimmer an dieser bläßlichen Gestalt.

Der dunkle, hochgeschlagene Mantel, die graue Hose, die weißlichen Socken und die schwarzen Schuhe, all das kleidet ihn nicht. Unklar bleibt, ob jene Töne der Disharmonie einer besonderen Raffinesse, einer schrulligen Nachlässigkeit oder der Geschmacklosigkeit des Parkbesuchers entspringen. Mit den Fingern seiner rechten Hand fasert er am Wurf des Mantels.

Seine Linke preßt gegen den Brustkorb, krallt ans Herz, als wolle sie einem Innendruck Widerstand leisten, als massiere sie dem Rumpf einen Auswuchs weg. Die Armbanduhr zeigt kurz nach sieben.

Plötzlich ein Ruck, als liefen Schauer über eine Leinwand, als atme das Standbild im Dunkel des Kinos, als eise sich der Film von jenem gefrorenen Moment der Starre los und taue in einer noch verzögerten Bewegung auf. Ein Ton schraubt sich hoch aus den Bässen, und ein Aufhorchen geht durch den Mann auf der Parkbank, der, die Beine ungelenk aneinandergepreßt, sein Gesicht nunmehr endgültig zur rechten Seite hin abgewendet hat.

Er hatte es deutlich hören können: Es war der Aufschrei einer Frau gewesen. Nun konnte er auch eine Art Röcheln vernehmen, und zittrig klang seine Stimme, als er in den immer dichter wallenden Nebel hineinfragte: »Ist da jemand? Hallo? Wer ist denn da?«

Stöckelnde Damenschritte näherten sich im zügigen Takt, und gleichmäßig wie das Wiegen eines Metronoms klang der Aufschlag durch den undurchdringlichen Dunst. »Ist da jemand? Wer ist da?«

»Habe ich Sie erschreckt? Verzeihung. Ich spaziere nur durch den Park.« Die leise, freundliche Stimme zügelte seine Furcht vor der Fremden, aber dampfbeflaggt jagte sein Atem und pfiff aus der Kehle. Er atmete offenen Mundes, und er atmete schwer: »Helfen Sie mir bitte.« Ihr vorsichtiges Zögern bestärkte sein Zutrauen: »Ich halte es nicht mehr aus. Dieser schwere Smog: Er erdrückt mich. Helfen Sie mir aus dem Park. Dieser dichte Nebel: Ich finde nicht mehr heraus.« – »Sprechen Sie nicht«, beruhigte sie ihn, suchte und umfaßte seine Hand, als würde sie ihn schon seit langem kennen, und drückte fest zu, bis er, sich auf sie stützend und von ihr hochgezogen, dastand, dann nahm sie ihn ins Schlepptau. Schnell, schneller als andere Menschen und zu hastig auch für ihn in seinem Zustand, preschte sie los. »Sprechen Sie nicht. Jetzt erst einmal aus dem Park heraus. Ganz ruhig. Es wird alles wieder gut.«

Sie geleitete ihn durch den Nebel. Er hatte sich ihr gänzlich überantwortet, als sie endlich den körnigen Weg des Parks hinter sich ließen und auf die Straße traten. Ein Nieselregen setzte ein, spülte ein wenig den stehenden Dampf aus der Luft und ließ nach wenigen Momenten wieder nach. Sein Atem war abgeflacht, und gleichmäßig hielt er mit ihr Schritt. Sie mäßigte ihr Tempo und zog ihn beruhigt durch das Gewirr der Straßen.

Ein langes Umschließen seiner Hand ließ ihn vor jeder Ampel stoppen, und ein doppeltes kurzes Zucken hieß ihn die Fahrbahn queren, sobald sie ihm mit einer Synkope, mit einem Klopfen der Finger, mit einem leichten Pulsen nur, den Auftakt gab. Er war nun gänzlich in ihrer Hand.

Ein Spiel, über das beide staunten, ohne ein Wort zu verlieren, ohne auch dem schweigenden Einverständnis eine Äußerung zu schenken. Im Gegenteil: Kaum wollte sie sein Gelenk in eine neue Richtung drehen, um mit ihm eine Wendung zu vollführen, schon spürte er die Absicht in seiner Handwurzel fast noch vor ihrem Signal und bog in den gewünschten Weg ein. Verschob sie seine Finger, wich er – der benommen noch mit der anderen Faust sein Herz drückte – Hindernissen in Kopfhöhe, den Ästen der Baumallee oder auch einem Straßenschild, aus.

Über die breiteren Straßen gerieten sie in die abseitigen Gäßchen und Höfe der Altstadt, schlenderten vorbei an

Monumenten, drückten sich vor dem Gebräu der Beisel und dem Sud der Caférestaurants, bis sie durch die einsam hallenden Durchhäuser des Zentrums schritten. Langsam entließ sie ihn, lockerte ihre Hand, streckte sie aber nicht weg, fuhr ihre Finger nicht ein, wartete auf einen Zugriff von ihm oder auf ein Gespräch oder auf klärende Ordnung der Verhältnisse. Er aber hielt einfach inne, blieb verloren stehen, und schnell umfaßte sie ihn wieder, um ihn zügig weiter zu ziehen.

Er dankte ihr: »Wie haben Sie bloß aus dem Nebel gefunden.« – »Ja, ich kann sehen«, antwortete sie munter und fuhr zusammen, wie sie sein lautes Lachen hörte, als reiße ein Draht in seiner Kehle. – »Ja«, sagte sie und atmete ein, als wolle sie mit der Luft auch Verständnis einsaugen. »Ja, es gibt ein Sehen vor dem Blick.«

Er hörte ihre Füße knapp über den Boden vorstreichen, als müsse sie jeden Auftritt prüfen, als liefe sie über eine Eisbahn.

Ihre Beine federten. Sie schienen ihm Zirkel, die den Park und die Straßen der Stadt Schritt für Schritt durchmaßen, wie geschwungene Klammern nach einer zweifachen Gleichung mathematischer Strenge.

Sie sagte: »Ich bin die Seherin. So werde ich genannt. Ich bin die Seherin.« – »Ich bin der Schauer«, kam seine Antwort, und nun lachte sie. Aber er beharrte: »Ich bin der Schauer. Lach nicht. Sie nennen mich den Schauer.«

»Sie müssen mich anschauen. Ein Augenblick, und sie sind in meinem Bann. Alle«, stieß er hervor. Sie querten einen großen Platz. Als sie in eine Seitengasse einbogen, sprach er langsam weiter, während sie in ein beinah vernehmbares Schweigen gesunken war: »Ich blende sie. Ich strahle sie an. Sie müssen machen, was ich will. Frauen blicken mich an, und ich richte meine Augen auf sie.«

Sie fragte: »Alle Frauen?« – »Auch die Männer. Sie machen, was ich will. Sie sagen, meine Pupillen weiten sich. Sie sagen, ich leuchte auf, oder ich werfe Bilder. Sie glotzen mich an, und ich brenne sie aus. Sie entzünden sich an mir. Frage nicht wie und nicht wieso: Wenn ich will, so fackle ich nicht lange, und schon sind sie lichterloh entflammt.«

»Ein Blick genügt?« – »Ein Blick genügt«, bestätigte er. »Ich bin der Schauer.«

Sie fragte: »Seit wann?«

»Es begann mit einem Brand. Seit damals kann ich Rauch nicht mehr ertragen oder Nebel. In meinem Haus war ein Feuer ausgebrochen. Ich überlebte. Meine Frau verbrannte.« Sie war plötzlich langsam geworden, fing sich aber sogleich wieder, da er sie mit der Hand festgehalten hatte.

Ein langes Schweigen war seinen Worten gefolgt, bevor sie wagte, ihn endlich zu fragen. Er aber antwortete ruhig: »Vor drei Jahren. Bei normalem Wetter habe ich damit kaum Probleme mehr. Wenn aber der Nebel niedersinkt vor dem Regen, dann klappen meine Lungenflügel zusammen, schwingen und ringen vergeblich nach Luft. Dann sink' ich ein und koche gegen meine Atemnot wie vorhin.«

Schweigend liefen sie nebeneinander her. Sein Reden hatte sich verklumpt, war ausgedorrt, und nur einzelne

Worte glühten zuweilen noch auf, als er plötzlich, unvermutet auch für ihn, dennoch zu sprechen anhob: »Ich bin der Schauer. Hörst Du? Glaubst Du nicht, daß es mich freut, wenn ich die anderen fixiere?«

»Früher«, erinnerte sich der Schauer, »früher wurde ich als Architekt kritisiert oder gelobt, gerühmt oder verworfen, aber heute brauche ich den Menschen nur noch in die Augen zu schauen, schon sind sie von mir überzeugt.«

Er war nun längst kein Architekt mehr, doch darüber verlor er kein Wort, vielleicht, weil er es verbergen wollte, oder auch nur, weil er sich schämte auszusprechen, was für ihn augenscheinlich war. Seit einiger Zeit schon war er als Märchenerzähler für Kinder im Kaufhaus angestellt, obgleich er seit dem Unglücksfall auch eine Rente beziehen konnte.

»Der Schauer«, flüsterten sie, wenn er die Filiale betrat, aber die Verkäuferin hinter den Kosmetika, die begehrteste Angestellte der Kaufhauskette, grüßte ihn eindringlich, sooft er vorbeiging, und zuckte die Achseln, wenn er sie keines Blickes würdigte, sondern seine Augen zu Boden senkte.

Erst jetzt ging ein Staunen durch den Schauer, als er mit einem Mal begriff, daß sie, seit sie ihn getroffen hatte, ihn noch nicht angeblickt hatte – und als fühle sie seine Gedanken, sagte sie unvermittelt: »Ich möchte gar nicht in Deine Augen schauen.«

Die Seherin. Sie war dreiunddreißig Jahre alt. »Ich spiele Cello«, sagte sie. »Ich spiele nicht in einem Orchester, sondern trete als Solistin auf.« Sie sprach einen unaufgeforderten und hastigen Monolog, als müsse sie mit ihrem Reden an ihm vorbeikommen. »Sicherlich wirst Du Dich fragen, ob dieser Beruf nicht zu schwer für mich sei. Im Gegenteil: Ohne ihn wäre ich verloren. Gänzlich ohne Halt. Ich lebe sozusagen, als wäre ich immer nur ganz Ohr.«

Sie trieben stundenlang nebeneinander her, und endlich erzählte der Schauer ihr von Hannah: »Du erinnerst mich an sie.« – »War sie schön?« fragte sie schelmisch. – »Auf ihre Art: ja. Sehr sogar. Sie war blind. Sie spielte übrigens auch Cello und hatte schwarzes, buschiges Haar. Ein dichter Kranz um ihr ebenmäßiges Gesicht. Eine Verliebtheit voll Eifer und Schüchternheit. Drei Jahre lang.«

»Und sie?« – »Ich weiß es nicht. Ich habe sie nicht gefragt. Ich habe ihr meine Liebe nie gestanden. Ich habe es nie gewagt. Nicht aus Feigheit, sondern weil sie blind war. Ich fürchtete, daß ich sie verraten würde und unsere Freundschaft, wenn ich ihr meine Lust gestehen müßte. Vielleicht hatte ich es auch nicht für so dringend gehalten, mich ihr zu offenbaren. Ich hoffte, es würde sich von selbst ergeben.

Eines Tages aber war sie verschwunden gewesen. Sie hatte die Stadt verlassen, nicht ohne sich vorher von mir zu verabschieden, um an einem anderen Ort ihr Studium weiterzuführen. Ich habe nie wieder von ihr gehört.

Du aber bist die Seherin«, scherzte er. »Lach nicht«, drohte sie: »Ich kann die Zukunft sehen.«

Dann gestand sie ihm ihre heimliche Leidenschaft: das Kino. Das Gespräch kochte auf und sprudelte los zwischen den zweien, die durch die Straßen flanierten.

Der Schauer und die Seherin: sie sprachen, als wären sie nun Teil einer cineastischen Verschwörung geworden, die sich nachts in der Innenstadt trifft, in jenen unterirdischen Sälen, die vormals Keller gewesen sind, und während die erste Garnitur an Publikum die Lichtspielhallen durch die Hinterausgänge verläßt, warten schon die nächsten an den Buffets und Bars der Etablissements.

»Ich suche nach wortlosen Tonfilmen. Ein Sprechfilm hat etwas von einem Hörspiel mit Diashow oder von einem Lichtbildvortrag in einer Volkshochschule. Ich ziehe Unbesprochenes vor«, sagte sie, und der Schauer lächelte: »Nicht die alten Stummfilme, sondern die bewußt stimmlosen Tonfilme. Bilder und Musik folgen einem Schnitt, einem Takt und einem Rhythmus.«

Irgendwann waren sie aus der Stadt wieder auf die breite Straße, die das Zentrum umringte, zurückgekehrt, und nun traten sie auf den körnigen Parkweg, in dem ihre Route begonnen hatte.

Stunden waren seither vergangen, und der Nebel hatte sich bereits gelegt, als sie ihn nach der Zeit fragte. »Elf Uhr«, da lehnte ihr Kopf auf seiner Schulter, und er umfaßte sie mit einem Arm.

Die unbekannte Stimme eines Dritten ließ beide auffahren und sich voneinander lösen. »Bleiben Sie stehen. Ich habe Sie erwartet. Seit sieben Uhr. Ich habe gewußt, Sie werden hierher zurückkehren.«

Der Schauer umklammerte den Arm der Seherin und rief ins Dunkel der Nacht: »Hallo? Wer ist da? Wer sind Sie? Was wollen Sie von uns?«

»Bleiben Sie ruhig. Ich warne Sie«, drohte der Mann mit gepreßter Stimme. Mit schlurfenden Schritten – er hüstelte – näherte er sich ihnen.

»Sie wollen mich wohl täuschen, aber das wird Ihnen nichts nützen. – Verstehen Sie«, stieß er hervor. »Sie haben keine Chance. Ich bin bewaffnet. Wenn Sie ruhig sind, passiert Ihnen nichts. – Ich frage mich bloß, wieso Sie zurückgekehrt sind. – Aber ich habe andererseits gewußt, daß Sie herkommen werden.«

Die Stimme des Mannes: sie pendelte auf und ab. Sie wechselte auch ununterbrochen die Lautstärke. Während er sprach, schaute er sich fortwährend um. Sodann wieder sein Hüsteln.

»Ich hatte Sie schon verloren, in jenem Nebel. – Es war sehr unvorsichtig von Ihnen, hierher zurückzukehren.«

Der Unbekannte schrie: »Ich habe sie morden müssen. Verstehen Sie?« In jenem Augenblick zuckte der Schauer zusammen, brachte aber mühsam hervor: »Das interessiert uns doch nicht. Das wollen wir alles nicht wissen. So lassen Sie uns doch in Ruhe.«

»Was heißt denn das«, brüllte der Mann. »Was heißt denn das: Das interessiert Sie nicht? Das ist doch entscheidend: das Motiv.« Der Fremde flehte heulend: »Sie können mich doch nicht verurteilen, ohne das Motiv zu kennen«, dann fügte er mit rauher Stimme hinzu: »Keine Bewegung. Rühren Sie sich nicht von der Stelle«, und daraufhin wieder weinerlich: »Wollen Sie mich ausliefern, ohne zu wissen, warum ich es tat?«

Sie schwiegen. Krallten sich antwortlos ineinander, wünschten bloß, daß dieser Alptraum zu Ende gehen möge, daß die Polizei vorbeikäme oder daß irgendwer das Gebrüll des Mannes hörte, daß der Mann bloß einen üblen Scherz sich erlaubt hätte oder daß er verschwinden möge so unerwartet, wie er gekommen war.

»Ich mußte meine Frau töten, aber ich schwöre Ihnen, ich habe sie nicht absichtlich – sozusagen kaltblütig – ermordet. Verstehen Sie mich? – Warum schweigen Sie denn? Warum antworten Sie nicht? Warum ignorieren Sie mich? Nein, Sie können mich nicht begreifen. Sie werden mich nicht verstehen. Sie nicht.« Langsam zog er ein Messer und näherte sich dem Schauer.

»Ich verstehe Sie besser, als Sie glauben«, brach es hastig aus dem Schauer hervor. »Hören Sie: Ich kenne Ihre Geschichte nicht, aber ich glaube nicht, daß Sie Ihre Frau ermordet haben. Ich weiß, wovon ich spreche. Niemand braucht mir von Schuldgefühlen zu erzählen. Ich habe gesehen, wie meine Frau vor meinen Augen verbrannt ist.«

»Ich habe meine Frau erstochen«, unterbrach ihn der Fremde schreiend und sagte, als müsse er sich selbst erstaunt und ungläubig zuhören: »Und jetzt liegt sie – ich mußte ihr die Knochen brechen, damit der Körper Platz findet – im Kofferraum meines Wagens.

Wozu erzähle ich Ihnen das alles?« fragte sich der Fremde, und der Schauer wollte ihm in seinem allerletzten Gedanken zustimmen, ihm beipflichten, wollte wortreich sein absolutes Desinteresse an allen Mordtaten dieses Mannes bekunden, als der Unbekannte wiederum anhob: »Schweigen Sie. Heute abend, um sieben Uhr, habe ich eben hier meine Frau niedergestochen, und – leugnen Sie nicht – Sie haben mich bemerkt. Sie können mir nichts vormachen. Sie saßen ganz still auf jener Parkbank dort, und ich hätte Sie im Nebel beinahe übersehen, aber als meine Frau vom Messer getroffen aufschrie, haben Sie zu uns hergeschaut, haben Sie mich gesehen und meine zusammenbrechende Frau.«

»Nein, nein, Sie irren...«, wollte der Schauer erklären, doch der Mann unterbrach ihn: »Sie fragten: ›Wer ist da? Hallo? Ist da jemand?‹ und ließen sich unter billigen Vorwänden von einer Frau – einer Frau, die Sie sogar hierher zurückbrachten, ich frage mich bloß, was in Ihrem Kopf vorgeht... mit ihr wiederzukehren! –, ließen sich also von einer Frau aus dem Park geleiten. Vorerst wagte ich nicht, Sie weiter zu behelligen. Ich stand im Schatten jenes Baumes hier und sah, wie Sie an mir vorbeihasteten, den Blick unentwegt gegen mich gerichtet. Nie werde ich vergessen, wie Sie mich beäugten. Ich war zufrieden, daß Sie verschwinden wollten.

Später erkannte ich aber, daß ich Sie auf keinen Fall ziehen hätte lassen dürfen. Glauben Sie mir: Es tut mir schrecklich leid, aber ich kann doch nicht anders. Ich darf kein Risiko eingehen. Selbst, wenn Sie mich jetzt nicht verraten, vielleicht alles gar vergessen wollen – eines Tages wird die Polizei nach meiner Frau fahnden, eines Tages werden Sie einen Aufruf mit Steckbrief lesen, eines Tages wird Sie Ihr Gewissen plagen, und Sie werden berichten müssen, was Sie in dieser Nacht gesehen haben. Es geht nicht mehr anders. Ich muß Sie ebenfalls töten.«

Der Schauer wich zurück: »Aber ich kann doch gar nichts sehen. Ich bin doch blind. Seit damals, seit jenem Brand – verstehen Sie denn nicht –, ich bin der Schauer.«

»Lügner«, schrie der Unbekannte.

»Ich bin vollkommen blind. So hören Sie mir doch zu: Ich bin blind, seit mich das Feuer, in dem meine Frau starb, blendete. Ich konnte Sie heute überhaupt nicht sehen, und ich kann Sie auch jetzt nicht sehen. Es ist nicht klar, warum ich erblindete, aber ich kann nun einmal nichts erkennen und niemanden.

Glauben Sie mir«, er sprach schnell, weil er wußte, daß ihm nicht mehr viel Zeit für Erklärungen blieb. »Ich bin ein medizinisches Rätsel. Manche Ärzte vermuten, daß die Druckwelle der Explosion, die plötzlich aus dem Brand brach, mich so auf meinen Hinterkopf fallen ließ, daß ich nicht nur meine Besinnung verlor, sondern eben auch mein Augenlicht. Das allerletzte aber, was ich in meinem Leben gesehen habe, war das Verbrennen meiner Frau, bevor ich blind erwachte.

Deshalb, weil ich doch blind bin, habe ich mir von der Dame aus dem Park helfen lassen, deshalb führte sie mich durch die Stadt und wieder hierher zurück. Weil ich eben nichts gesehen habe von Ihrem Mord.«

»Sie lachen über mich. Sie lachen mich wohl aus«, kreischte der Mörder. »Lach ihn nicht aus«, beschwor der Schauer die Seherin, aber sie meinte bloß: »Aber ich lache doch gar nicht.« – »Seien Sie still. Zu Ihnen habe ich nicht geredet«, wandte sich der Mörder an die Seherin. »Aber ich habe ja gar nichts gesagt«, verteidigte sich der Schauer.

»Ich warne Sie«, drohte der Mörder. »Machen Sie sich nicht über mich lustig. Glauben Sie, ich sehe nicht, daß die Dame blind ist? Sie hat doch gar keine Augen. Ihre Lider sind verschlossen, als hätte sie überhaupt keine Augäpfel. Sie allein wäre vollkommen ungefährlich gewesen, aber Sie, Herr Schauer, Sie haben sie da mit hineingezogen. – So, genug geredet«, sagte der Mörder und streckte sein Messer vor.

»Keine Augen? Hannah? Du bist es: Hannah«, fragte der Schauer in das nachtschwarze, nur von wenigen gelblichen Aufhellungen besprengte Dunkel. »Harry. Harry Knet«, antwortete sie erstaunt. Sie hatte nicht geahnt, daß auch der Schauer blind war. Da sie angenommen hatte, er würde sie sehen können, war sie sicher gewesen, er könne nicht Harry Knet sein. Harry hätte sie sonst mit einem Blick als Hannah Stein identifiziert und angesprochen. Er hatte sie aber nicht wiedererkannt, und deshalb war sie davon ausgegangen, daß sie ihn nur an irgendeine andere Blinde, an irgendeine Jugendliebe eben, wessen Namens auch immer, erinnerte und daß er, da er sie nicht kannte, sie wohl auch noch niemals vorher gesehen hatte.

Der Schauer starrte in die Leere, und er umarmte sie.

Die Seherin: Ihre Augenlider hängen herab wie eiserne Vorhänge nach der letzten Vorstellung. Ihr weites, offenes Gesicht erinnert an die grauen Statuen der griechischen Göttinnen, deren steintaube Augen einem inneren Leuchten zugekehrt, der Außenwelt aber abgewendet scheinen. Ihr Kopf schwenkt unentwegt von rechts oben nach links unten, als lote sie wie ein Radarschirm den Himmel aus. Ihre kurzen schwarzen Haare, die Augenbrauen markant, aber nicht buschig, ihr strähnig zierlicher Körper in dunklen Tönen gekleidet.

Langsam näherte sich der Mörder, schlurfte heran, hüstelte nervös. Der Mantel hing an ihm herunter, verhüllte formlos seine Gestalt. Sein Körper schien in sich zu versinken, als tropfe er bodenwärts.

Der Schauer und die Seherin wichen – wie Kinder Schlägen der Erwachsenen – stolpernd zurück. Zaghaft nur, die Hände vorgestreckt, wagten sie nicht, die Arme zur entschlossenen Verteidigung zu erheben.

»Ich kann nicht glauben, Schauer, daß Du mit solchen Augen, mit diesem Leuchten, nicht sehen kannst. Komm doch her, Schauer, laß mich in Deine Augen blicken, damit ich sehe, ob Du wirklich blind bist«, lockte der Mörder seifig feixend, aber die Seherin packte ihn am Arm und sagte: »Geh nicht. Er hat ein Messer, Harry.«

Der Schauer löste sich von ihr und blieb stehen. Er erwartete den Mörder, dessen Gesicht sich mit einem Mal verfärbte. Der Schauer richtete seine Augen auf ihn. Der Schauer richtete ihn.

Später wird es heißen, der Schauer, vormals Harry Knet, sei wieder Architekt geworden, und etliche werden von seinem Beitrag zur künstlerischen Entwicklung Europas berichten. Er wird sich in den dunklen Ecken der Ateliers junger Unbekannter verstecken, und nur vermittels seiner Leuchtkraft wird er Entwürfe neuartiger Bauten auf die weißen Blätter ihrer Staffelei projizieren. Der Schauer, er wird sich im Dunkeln halten und Lichter seiner Netzhaut auswerfen.

Eine junge Architektin wird sagen: »Es war, als hätte ich eine Erleuchtung.« Auch ihr Professor wird befinden: »Eine blendende Idee«, und der Schauer wird verstohlen in sich hineinlachen und sie glauben lassen, ein Bild sei ihnen erschienen – vor ihrem geistigen Auge.

Drei Wochen wird die Seherin bei ihm bleiben. Sodann aber wird sie ihn eines Morgens verlassen, und Monate später erst wird er wieder von ihr hören, wenn ihre erste Plattenaufnahme im Radio angepriesen werden und daraus das Streichquartett Nummer acht von Dimitri Schostakowitsch abgespielt werden wird.

Der Mörder aber: Er ward nie mehr, niemals wieder gesehen.

Sodann aber tastete der Schauer die Zeiger seiner Blindenuhr ab – es war kurz vor zwölf –, und Hand in Hand gingen sie in jenes nahe Kino, wo zu Mitternacht »City Lights« von Charlie Chaplin gespielt wurde.

Lola – ein Epilog

Lola Varga lehrt uns die Gesetzmäßigkeiten der Untat und schreibt von der Schuld der Untätigen. Vergehen entspringen, so will sie erfahren haben, bloß einem Mangel an Vorstellungskraft, einer allgemeinen Ignoranz. Sie will uns glauben machen, daß es einen Tod vor dem Leben gibt, will uns sehen lassen, daß ein Morden uns voranging, dem bisher nichts nahekommt. Lola Varga sagt: »Ich kenne die Geometer des Schreckens. Ich habe sie am eigenen Leibe verspürt. Mit ihnen ist weiterhin zu rechnen und auch mit ihrer Rückkehr, solange auf niemanden zu zählen sein wird.« Sie sitzt vor der Presse, klein, bejahrt, mit dem Schnurrbartflaum einer dunklen Greisin lächelt sie sich in Falten.

In ihren Büchern spricht Lola Varga von der Rückbezüglichkeit aller Beziehungen. Varga treibt die Namen in uns auf, die Städte und Staaten, die Straßen und Gassen, die Plätze des Daseins und die Stätten des Todes, die Orte des Mordes und die Nischen des Überlebens. Sie ruft die Namen in uns auf, sie ruft sie ab und belegt sie mit Worten, mit denen sie die Bilder dämmern läßt.

Mit ihren Geschichten fügt sie ein Mosaik, stellt sie Fragmente nach einer genauen Vorlage zusammen und ordnet so jedes ihrer Schriftstücke zur Kopie eines wohlvertrauten Originals. Lola Varga arbeitet an einem Puzzlespiel der Erinnerung.

In ihrem Gedächtnis formt sich ein papierener Körper, den sie vor langer Zeit schon auflas, der ihr damals durch die Finger ging, der ihr abhanden gekommen war und den sie nun wieder auffand; so wohlvertraut wie einst.

Es regnete wieder. Lola saß an dem schwarzlackierten Schreibtisch, ein offenes Fenster und die Nacht lagen hinter ihr. Den Rücken hielt sie straff aufrecht, und sie richtete ihren Blick auf das Papier. Die Beine waren unter dem Sitz verschränkt. Ihre Haut war sonnengedörrt und tabakgeselcht, doch dennoch nicht ohne Glanz. Ihr Körper war im Laufe der Jahre eingesunken, kleiner geworden, aber nicht – wie so oft – gänzlich in sich zusammengefallen, hatte nicht an Haltung verloren, sondern bloß zu einem strähnigen Minimalismus, zu einer sparsameren Form gefunden.

Dahin die Zeit, als sie mit Bubikopf, mit Fransenkleid, mit Mundstück und Zigarillo durch die Cafés der Innenstadt gestrichen war. Damals hatte ihr hochhackiger Auftritt die Herren noch verstummen lassen, und sie hatten alle an ihren Beinen entlang aufgeschaut. Dahin die Zeit, da Männer vorgegeben hatten, seekrank zu werden, wenn sie mit wogender Bewegung auftauchte. Dahin auch die Cafés.

Sie hatte den ganzen Tag an ihren Plastiken gearbeitet, als sie eines Abends in ihrem Stammlokal auf Papirnik gestoßen war. Der bläßliche, fahrige Typ war ihr sofort aufgefallen.

In der Pressekonferenz wird sie nach ihm befragt. Ob er wirklich existiert habe oder ob er vielleicht einer Person aus ihrem Leben nachempfunden sei, will der junge Journalist aus der dritten Reihe wissen. Ein Lächeln beschlägt die Gesichter der Wissenden, und Varga antwortet knapp. Sie läßt jede Silbe einzeln erklingen. Betont langsam und konzentriert antwortet die ältere Dame. Ob sie Papirnik beschreiben könne, fragt eine Kritikerin. Lola Varga sagt: »Er war vielseitig.«

Papirnik war buchstäblich eine wandelnde Bibliothek gewesen. In ihm waren unzählige Bände verlegt gewesen. Lola hatte ihn aufgerissen, Blatt für Blatt. Aus ihm waren Texte gewuchert, und Lola hatte versucht, ihn mit ihren kräftigen Händen aufzuschlagen, war mit ihrem Zeigefinger den Schnitt an seinem Brustbein entlanggestrichen, hatte ihm in seine Seiten gegriffen. Doch all das hatte sich Jahre vorher schon zugetragen und gehört nicht hierher. Papirnik ist bereits vor langem in Flammen aufgegangen und zu Asche verbrannt.

Lola Varga ist eine Überlebende. In ihren Erzählungen hat sie Papirnik aufgeschrieben. Sie hat sich aller Schriften entsinnen können, die ihn damals erfüllten und die ihn ausmachten. Lola Varga hat in ihren Büchern Papirnik nachgeschrieben. Sie hat ihn ein für allemal abgeschrieben. Die Erzählungen weisen jetzt bereits weit über ihn hinaus. In ihren allerletzten Texten scheint es beinahe, als habe sie sich nun endlich ihrer selbst erinnert, als entsinne sie sich nun neuer, bislang nie festgehaltener Geschichten.

Lola saß an ihrem Schreibtisch. Die Standuhr tickte. Lola schrieb: »Ich kann Dich lesen, Papirnik.«

Hinter Lola, im offenen Fenster, erschien plötzlich der Kopf eines dunkelhaarigen, blassen Mannes. Der Regen strömte ihm über das Gesicht, das im Licht des Zimmers aus der Nacht auftauchte. Einige Haarsträhnen klebten naß an seiner Stirn. Als schwemme ihn der Regen auf, als löse er sich fasrig auseinander, war alles an ihm zerfleddert, und seine Kleidung schien in mehreren Schichten, in unzähligen Lagen verworren an ihm herunterzuhängen. Einzelne Fäden spannten sich zwischen den ausgefransten Wäscheteilen, als wären die Stoffe verbunden durch einen Kleber, der in der Feuchtigkeit zerging. Der Mann mit jenem zerfurchten Faltengesicht schien sich zu verlieren, schien auseinanderzufallen.

Die Tropfen rannen ihm über die Nase, während Lola den letzten Satz ausstrich, kurz innehielt – und doch wieder schrieb: »Ich kann Dich lesen, Papirnik. Ich kann Dich lesen.«

Da hatte sich der Mann bereits am Fenstersims hochgehantelt. Langsam – während Lola in ihre Arbeit versunken blieb – beugte er sich vor, lehnte sich über das Fensterbrett hinein und über Lolas Schulter hinweg.

Lola Varga schreibt, Papirnik wäre nicht ein Mensch aus Fleisch und Blut gewesen, sondern hätte aus Büchern und Bänden bestanden. Sie will ihn durchforstet haben, da er sich und jedes Werk, das sie verlangte, ihr ausgeliefert habe.

Mit ihrem Gedächtnis, so sagt Lola Varga, und mit ihren Büchern schaffe sie Papirnik neu.

Mit der linken Hand krallte der Mann sich an den Fensterbalken, mit der rechten aber fuhr er zittrig, angestrengt, seinen Gürtel lang und zog ein Messer aus seinem Lendenhalfter, das er hochschupfte, so daß es in seiner Faust gut zu liegen kam. Der Mann umschloß den Stahl mit festem Griff. Er hob das Messer langsam, still, vorsichtig hoch, bis es über Lolas Kopf schwebte.

Später – nach der Pressekonferenz – das Abendessen im Gasthaus. Lola Varga sitzt am Tisch, zusammen mit der Gemeindeprominenz und verschiedenen Kulturfunktionären. Sie findet niemanden, mit dem sie sich angeregt unterhalten könnte. Sie hört den politischen Erklärungen des Stadtrates freundlich, aber nicht allzu interessiert zu, und widerspricht auch den Gegenargumenten einer Rezensentin nicht.

Ein kleiner, älterer Herr mit schmaler Krawatte und blauem Anzug strahlt Lola Varga an. Er hebt seinen Rotwein, prostet ihr, die nun auch anstößt, zu, und legt seinen Kopf schief. Ein Lächeln kehrt in ihre Mundwinkel ein. Beide trinken sie ihre Gläser leer.

Er sitzt ihr schräg gegenüber, beugt sich vor, lehnt sich zur Seite und rückt mit den Oberschenkeln auf seinem Sessel näher.

Ihm fällt auf, daß der Ehrengast, die Künstlerin, in Ruhe versunken ist. Er will sich um sie kümmern, und schon brechen ihre Blicke ineinander, doch da er ihrem grünen Widerschein nicht mehr standhalten kann, senkt er seine Augen auf das Weinglas. Lola schmunzelt, packt die Filterlosen hervor, reißt die Folie auf, knackt den Karton hoch, knüllt das Silberpapier fort, klopft zwei Zigaretten heraus. Er greift dankend zu, schürzt die Lippen, streckt den Kopf ihrem Feuer entgegen. Er saugt an, pafft, bläst die Wangen voll und stößt den Rauch fort.

»Gnädige Frau«, sagt der Mann in Schweizer Akzent; er ist Diplomat und versucht, obgleich er von Literatur nicht viel versteht, in aller Höflichkeit freundlich zu sein gegenüber jener Schriftstellerin, die heute gefeiert werden soll.

»Gnädige Frau«, fragt der Mann aus Basel, »wieso waren Sie in so vielen Konzentrationslagern?«

Lola Varga antwortet: »Aus Langeweile.«

Mit seinen Schuhen stemmte er sich von der Außenfassade ab, und mit einem Bein stieg er nun auf das Fensterbrett, das unter seinem Tritt wackelig aufbebte. Sein Mund verzerrte sich, öffnete sich vor Anstrengung, und seine Jochmuskeln hoben sich gegen die Augen, die unter den zusammengezogenen Brauen, den hochgepreßten Backen und hinter den engen Lidern versanken. Sollte er ins Zimmer einsteigen? Sollte er riskieren, daß sie aufschrie? Sein Messer zitterte noch über ihrem Kopf.

Mit einem Mal sah er es nach hinten bäumen. Seine Hand hob sich hinter die Schulter, holte weit aus. Die Bewegung lief vor ihm ab, langsam wie in zäher Masse. Der Arm, so glaubte er, schwang hoch, schlenkerte seine Faust aus der Bahn, stieß hinter seiner Achsel im Gelenk an, als raste ein Schleudermechanismus ein, bis ihn durch Knopfdruck eine aufgezogene Feder wieder hervorschleudert.

Das Messer senkte sich zitternd auf Lola, hatte nun seine Bahn gefunden, war unaufhaltsam auf dem Weg. Der Stahl schlug ein in ihrem Hals unter der Kehle und über dem Brustbein, riß Haut und Muskel auf, durchtrennte die Luftröhre, platzte durch die Lunge in den Brustkorb und fuhr Lola bis ins Blatt. Er sah das Blut hochschäumen.

Lola sitzt am Tisch und schreibt. So sollte es sein, dachte er sich, während er die Augen freiblinzelte von allen Traumbildern, während er wiedererwachte aus seiner Vision. So müßte er es machen. Sie würde, wenn es so geschehen könnte, wie er es gesehen hatte, nicht einmal mehr schreien.

Das Messer zitterte noch in seiner Rechten, mit der Linken hielt er den Fensterbalken. Lola saß an ihrem Tisch und schrieb: »Ich kann Dich lesen.« Es regnete.

Er wollte endlich zustechen und umklammerte die Waffe. Der Mann spannte die Armmuskeln und hielt den Atem an, aber irgend etwas irritierte ihn. Irgend etwas störte.

Im Zimmer war alles ruhig. Die Standuhr tickte. Der rote Samtbezug auf dem Gestühl und die Teppiche schluckten den Widerhall des Regenfalls.

Er schaute an ihrer Kehle vorbei, und hinweg über ihren Ausschnitt fiel sein Blick auf ihren Schreibblock: »Ich kann Dich lesen.«

Varga hatte bereits als bildende Künstlerin eine gewisse Bekanntheit erlangt, hatte Plastiken modelliert, Skulpturen bearbeitet und Konfigurationen zusammengefügt, ehe sie sich spät erst der Literatur zuwandte. Sie war mit ihrer Kunst über die Grenzen gejagt worden. Vor ihren Verfolgern war sie in fremde Länder geflohen, hatte ihnen zu entkommen versucht, aber vergeblich. In Frankreich war Lola Varga eingeholt worden.

Spät, lange nach der Befreiung – sie hatte zwei Ehen hinter sich gebracht –, begann sie zu schreiben. Die Erinnerung an Papirnik brach in ihr auf.

Sie schreibt, nach Jahren der Ruhelosigkeit und des Stillehaltens merke sie plötzlich, wie lange Zeit sie noch auf der Flucht geblieben sei. Sie habe mit den Morden auch sich selbst überlebt. Nun versuche sie wiederaufzuerstehen. Papirnik tauchte aus der Vergessenheit auf.

Sogar sein in seinem Innersten verwahrtes Rätsel, das geheimste Wort, an dem er sich entzündet hatte, dessentwegen er verbrannt worden war, kennt sie noch. Lola Varga erinnert sich.

Lola Varga sitzt in der Pressekonferenz. Vielleicht, wenn sie das Wort sagte, mit welchem Papirnik in Flammen aufging, wenn sie es ausspräche, dann wirbelten mit einem Stoß die Schriften, alle Bücher, der ganze Textkörper, in dem Papirnik enthalten ist, ineinander, Papirnik, er stünde mit einem Mal wieder da. In seinem Antlitz auf seiner Stirn das Unaussprechliche.

Seine Augen weiteten sich, er reckte den Kopf vor, die Linke krampfte sich zitternd an dem Balken fest, und seine Beine stemmten gegen das Fensterbrett. Er wagte sich noch weiter vor, lugte über ihre Schulter und wollte wissen, was Lola schrieb. Zurückhalten konnte er sich nicht, vielleicht auch deshalb, weil er vor der Tat noch alles erkunden und sich absichern mußte.

Der Mann erstarrte, als er auf Lolas Block las, daß einer aus der Nacht und aus dem Regen im Fenster erschienen sei, ein Messer gegen die Schreiberin erhebe, um zuzustechen, daß er aber nun innehielte, um sich seiner zu vergewissern. Der Mann, der sich nun noch weiter vorzulehnen wagte, um den Text besser sehen zu können, entzifferte voller Entsetzen, daß der Eindringling auf den Schriftzug der Frau blicke, daß er sich nicht mehr fortreißen könne und daß der fiktive Einbrecher lese, daß sein voraussichtliches, aber voraussehendes Opfer seinen Mordversuch festhielte, und auch, daß er erschrecken würde, das las der Mann, aber nicht mehr konnte er lesen, daß er nicht mehr lesen könne, daß er in Aufregung außer Gleichgewicht geraten war, nicht mehr konnte er lesen, daß das Fensterbrett wackelig unter seinem Tritt erzitterte und umkippte, daß es ihn mit den Beinen voran in die Leere katapultierte, daß die Wucht des Falls seinen Griff vom Fensterbalken riß. Er klatschte gegen die Außenfassade und fiel, wie Lola sorgfältig festhielt, kopfüber auf jenen Betonboden, auf dem sein Schädel zerschellte.

Erst als Lola fertiggeschrieben hatte, strich sie sich die Regentropfen, die stahlkühl auf sie heruntergetropft waren, aus der Stirn. Sie packte ihre Filterlosen hervor, riß die Folie auf, knackte den Karton hoch, knüllte das Silberpapier fort, klopfte eine Zigarette heraus, steckte das Mundstück auf, nahm es zwischen die Lippen und knisterte mit dem Feuerzeug.

Der Stadtrat mit grauem Anzug und buntschillernder Masche hält eine Laudatio, und der Verlagsleiter bedankt sich bei allen Anwesenden, insbesondere aber bei der Schriftstellerin. Von ihren Werken ist die Rede, von ihrem Überleben und von Papirnik. Vielleicht, wenn Lola Varga das Wort ausspräche, sodann stünde mit einem Mal Papirnik wieder da. Aber Varga schweigt.

Lola Varga sagt: »Ich restauriere bloß.« Ihr Lächeln wirft die gegerbte Pergamenthaut in Falten. Solange das Wort nicht gefragt ist, hat es für Lola Varga keinen Sinn zu reden. Sobald aber, darüber besteht kein Zweifel, irgend jemand sich danach erkundigt, wird sie es nicht länger zurückhalten können. Aussagen wird sie, wird es ausrufen, wird uns die Losung ausgeben, falls wir sie ihr abverlangen.

So schreibt sie ihre Bücher. So präsentiert sie ihre Arbeit. So sitzt sie in der Pressekonferenz. Aber niemand fragt Lola.

Inhalt

Deutschsprachige Literatur
in der edition suhrkamp:
Prosa

Aebli, Kurt: Küss mich einmal ordentlich. Prosa. es 1618
Alves, Eva-Maria: Maanja. Meine Freundin, meine Mutter, meine Puppe. Eine Anrufung. Zeichnungen von Alexandra Albrand. es 1159
– Neigung zum Fluß. Mit 16 Fotos von Christiane P. Scharlau. es 1083
Arlati, Renato P.: Auf der Reise nach Rom. Prosa. Auswahl und Nachwort von Franz Böni. es 1053
Batberger, Reinhold: Drei Elephanten. es 1459
Becher, Martin Roda: Unruhe unter den Fahrgästen. ›Aufzeichnungen‹. es 1352
Becker, Jürgen: Umgebungen. es 722
– Ränder. es 351
Beyse, Jochen: Ultraviolett. Erzählung. es 1603
Bleisch, Norbert: Viertes Deutschland. Erzählung. es 1719
Böni, Franz: Alvier. Erzählungen. Mit einem Nachwort von Samuel Moser. es 1146
– Hospiz. Erzählung. es 1004
– Der Johanniterlauf. Fragment. es 1198
Bornhorn, Nicolaus: Der Film der Wirklichkeit. es 1154
Braun, Volker: Berichte von Hinze und Kunze. es 1169
– Es genügt nicht die einfache Wahrheit. Notate. es 799
Brecht, Bertolt: Die Geschäfte des Herrn Julius Caesar. Romanfragment. es 332
– Prosa. Bd. 4. es 185
Buselmeier, Michael: Der Untergang von Heidelberg. es 1057
Dischereit, Esther: Joëmis Tisch. Eine jüdische Geschichte. es 1492
Döring, Bianca: Ein Flamingo, eine Wüste. Erzählung. es 1588
– Schnee und Niemand. Prosa. es 1779
Drawert, Kurt: Spiegelland. Ein deutscher Monolog. es 1715
Enzensberger, Hans Magnus: Das Verhör von Habana. es 553
– Der Weg ins Freie. Fünf Lebensläufe, überliefert von Hans Magnus Enzensberger. es 759
Erste Einsichten. Jüngste Prosa aus der Bundesrepublik. Herausgegeben von Christian Döring und Hajo Steinert. es 1592
Foidl, Gerold: Scheinbare Nähe. es 1237
Fritsch, Werner: Steinbruch. es 1554
Greiner, Peter: Wie Bombenleger-Charly leben ... Sozialverhalten. Geschichten und Szenen. es 1356
Gstrein, Norbert: Anderntags. Erzählung. es 1625
– Einer. Erzählung. es 1483
Hänny, Reto: Ruch. Ein Bericht. es 1295

300/1/2.92

Deutschsprachige Literatur in der edition suhrkamp: Prosa

Hänny, Reto: Zürich, Anfang September. es 1079
Handke, Peter: Phantasien der Wiederholung. es 1168
Hesse, Hermann: Tractat vom Steppenwolf. Nachwort von Beda Allemann. es 84
Holbein, Ulrich: Ozeanische Sekunde. es 1771
– Samthase und Odradek. es 1575
Jansen, Johannes: Reißwolf. Aufzeichnungen. es 1693
Johnson, Uwe: Jahrestage. Aus dem Leben von Gesine Cresspahl. 4 Bde. im Schuber. es 1500
– Porträts und Erinnerungen. Herausgegeben von Eberhard Fahlke. es 1499
– Versuch, einen Vater zu finden. Marthas Ferien. Tonkassette mit Textheft. Mit einem editorischen Bericht von Norbert Mecklenburg. es 1416
Kirchhoff, Bodo: Body-Building. Erzählung, Schauspiel, Essay. es 1005
Kluge, Alexander: Gelegenheitsarbeit einer Sklavin. Zur realistischen Methode. es 733
– Lernprozesse mit tödlichem Ausgang. es 665
– Neue Geschichten. Hefte 1-18. ›Unheimlichkeit der Zeit‹. es 819
– Schlachtbeschreibung. Roman. es 1193
Koch, Werner: Intensivstation. Erzählung. es 1173
Koeppen, Wolfgang: Morgenrot. es 1454
Krechel, Ursula: Mit dem Körper des Vaters spielen. Essays. es 1716
Kroetz, Franz Xaver: Frühe Prosa/Frühe Stücke. es 1172
Kühn, Dieter: Ausflüge im Fesselballon. Roman. Neufassung. es 656
Laederach, Jürg: Vor Schrecken starr. Fixierungen, Stechblicke, Obsessionen. es 1503
– Der zweite Sinn oder Unsentimentale Reise durch ein Feld Literatur. es 1455
Lessenich, Jean: »Nun bin ich die niemals müde junge Hirschfrau oder der Ajilie-Mann.« es 1308
Leutenegger, Gertrud: Das verlorene Monument. es 1315
Maeffert, Uwe: Bruchstellen. Eine Prozeßgeschichte. es 1387
Matthies, Frank-Wolf: Tagebuch Fortunes. es 1311
Mayröcker, Friederike: Magische Blätter. es 1202
– Magische Blätter II. es 1421
– Magische Blätter III. es 1646
Middendorf, Klaus: Wer ist Patrick? Roman. es 1701
Morshäuser, Bodo: Hauptsache Deutsch. es 1626
– Revolver. Vier Erzählungen. es 1465

300/2/2.92

Deutschsprachige Literatur
in der edition suhrkamp:
Prosa

Nossack, Hans Erich: Pseudoautobiographische Glossen. es 445
Ein Pronomen ist verhaftet worden. Die frühen Jahre in Rumänien - Texte der Aktionsgruppe Banat. Herausgegeben von Ernest Wichner. es 1671
Rakusa, Ilma: Steppe. Eine Erzählung. es 1634
Rosenlöcher, Thomas: Die verkauften Pflastersteine. Dresdener Tagebuch. es 1635
– Die Wiederentdeckung des Gehens beim Wandern. Von Dresden in den Harz. es 1685
Roth, Patrick: Die Wachsamen. Drei Monodramen. es 1614
Runge, Erika: Frauen. Versuche zur Emanzipation. es 359
Schleef, Einar: Die Bande. Erzählungen. es 1127
Schöne Aussichten. Neue Prosa aus der DDR. Herausgegeben von Christian Döring und Hajo Steinert. es 1593
Schwacke, Peter: Carte blanche. Erzählungen. es 1164
Split: Apfelsinen im Hals. Geschichten. es 1558
Stauch, Wolfgang: Eine schlechte Geschichte. es 1712
Steinwachs, Ginka: G-L-Ü-C-K. rosa prosa. Originalfälschung. es 1711
Struck, Karin: Kindheits Ende. Journal einer Krise. es 1123
– Klassenliebe. Roman. es 629
Thank You Good Night. Herausgegeben von Bodo Morshäuser. Fotos: Michael Strauss. es 1227
Veil, Joachim: Die Wiederkehr des Bumerangs. es 1137
Vogl, Walter: Hassler. Frequenzritte eines Straßenkehrers. es 1182
Von nun an. Neue deutsche Erzähler. Herausgegeben von Hans-Ulrich Müller-Schwefe. es 1003
Walser, Martin: Eiche und Angora. Eine deutsche Chronik. es 16
– Geständnis auf Raten. es 1374
Weiss, Peter: Abschied von den Eltern. Erzählung. es 85
– Die Ästhetik des Widerstands. Roman. es 1501
– Fluchtpunkt. Roman. es 125
– Das Gespräch der drei Gehenden. es 7
– Notizbücher 1960-1971. 2 Bde. es 1135
– Notizbücher 1971-1980. 2 Bde. es 1067
– Rekonvaleszenz. es 1710
– Der Schatten des Körpers des Kutschers. es 53
Sinclair (P. Weiss): Der Fremde. Erzählung. es 1007
Winkler, Josef: Die Verschleppung. Njetotschka Iljaschenko erzählt ihre russische Kindheit. es 1177

300/3/2.92

Deutschsprachige Literatur
Erstausgaben in der edition suhrkamp

Aebli, Kurt: Küss mich einmal ordentlich. Prosa. es 1618
Alves, Eva-Maria: Maanja. Meine Freundin, meine Mutter, meine Puppe. Eine Anrufung. Zeichnungen von Alexandra Albrand. es 1159
– Neigung zum Fluß. Mit 16 Fotos von Christiane P. Scharlau. es 1083
Arlati, Renato P.: Auf der Reise nach Rom. Prosa. Auswahl und Nachwort von Franz Böni. es 1053
Batberger, Reinhold: Drei Elephanten. es 1459
Becher, Martin Roda: Unruhe unter den Fahrgästen. ›Aufzeichnungen‹. es 1352
Beyse, Jochen: Ultraviolett. Erzählung. es 1603
Böni, Franz: Alvier. Erzählungen. Mit einem Nachwort von Samuel Moser. es 1146
– Hospiz. Erzählung. es 1004
– Der Johanniterlauf. Fragment. es 1198
Bornhorn, Nicolaus: America oder Der Frühling der Dinge. es 1025
– Der Film der Wirklichkeit. es 1154
Brasch, Thomas: Engel aus Eisen. Beschreibung eines Films. es 1049
– Frauen. Krieg. Lustspiel. es 1469
– Lovely Rita. Rotter. Lieber Georg. Drei Stücke. es 1562
Buch, Hans Christoph: Der Herbst des großen Kommunikators. Amerikanisches Journal. es 1344
– Waldspaziergang. Unpolitische Betrachtungen zu Literatur und Politik. es 1412
Bulla, Hans Georg: Weitergehen. Gedichte. es 1002
Buselmeier, Michael: Radfahrt gegen Ende des Winters. Gedichte. es 1148
– Der Untergang von Heidelberg. es 1057
Dischereit, Ester: Joëmis Tisch. Eine jüdische Geschichte. es 1492
Döring, Bianca: Ein Flamingo, eine Wüste. Erzählung. es 1588
Drawert, Kurt: Privateigentum. Gedichte. es 1584
Ernste Absichten. Jüngste Prosa aus der Bundesrepublik. Herausgegeben von Christian Döring und Hajo Steinert. es 1592
Foidl, Gerold: Scheinbare Nähe. es 1237
Frauen, die pfeifen. Verständigungstexte. Herausgegeben von Ruth Geiger, Hilke Holinka, Claudia Rosenkranz, Sigrid Weigel. es 968
Fritsch, Werner: Steinbruch. es 1554
Goetz, Rainald: Krieg/Hirn. 2 Bde. es 1320
Greiner, Peter: Wie Bombenleger-Charly leben … Sozialverhalten. Geschichten und Szenen. es 1356
Gröner, Walter: Ein rasend hingehauchtes Herbsteslicht. Bergeller Gedichte – Puisiá. es 1371

315/1/6.90

Deutschsprachige Literatur
Erstausgaben in der edition suhrkamp

Grünbein, Durs: Grauzone morgens. Gedichte. es 1507
Gstrein, Norbert: Anderntags. Erzählung. es 1625
– Einer. Erzählung. es 1483
Hänny, Reto: Ruch. Ein Bericht. es 1295
– Zürich, Anfang September. es 1079
Happel, Lioba: Grüne Nachmittage. Gedichte. es 1570
Holbein, Ulrich: Samthase und Odradek. es 1575
Kirchhoff, Bodo: Body-Building. Erzählung, Schauspiel, Essay. es 1005
Kling, Thomas: geschmacksverstärker. Gedichte. es 1523
Kolbe, Uwe: Abschiede und andere Liebesgedichte. es 1178
– Bornholm II. Gedichte. es 1402
– Hineingeboren. Gedichte 1975-1979. Mit einer Nachbemerkung von Franz Fühmann. es 1110
Laederach, Jürg: Fahles Ende kleiner Begierden. Vier minimale Stücke. es 1075
– Vor Schrecken starr. Fixierungen, Stechblicke, Obsessionen. es 1503
– Der zweite Sinn oder Unsentimentale Reise durch ein Feld Literatur. es 1455
Leisegang, Dieter: Lauter letzte Worte. Gedichte und Miniaturen. Herausgegeben von Karl Corino. es 1021
Lessenich, Jean: »Nun bin ich die niemals müde junge Hirschfrau oder der Ajilie-Mann«. es 1308
Leutenegger, Gertrud: Lebewohl, Gute Reise. Ein dramatisches Poem. es 1001
– Das verlorene Monument. es 1315
Matthies, Frank-Wolf: Tagebuch Fortunes. es 1311
Morshäuser, Bodo: Abrechnung in Kellinghusen. es 1626
– Revolver. Vier Erzählungen. es 1465
Roth, Friederike: Die einzige Geschichte. Theaterstück. es 1368
– Das Ganze ein Stück. Theaterstück. es 1399
– Krötenbrunnen. Ein Stück. es 1319
Roth, Patrick: Die Wachsamen. Drei Melodramen. es 1614
Schedlinski, Rainer: die rationen des ja und des nein. gedichte. es 1606
Schindel, Robert: Geier sind pünktliche Tiere. Gedichte. es 1429
– Im Herzen die Krätze. Gedichte. es 1511
– Ohneland. Gedichte vom Holz der Paradeiserträume 1979-1984. es 1372
Schleef, Einar: Die Bande. Erzählungen. es 1127
Schöne Aussichten. Prosa aus der DDR. Herausgegeben von Christian Döring und Hajo Steinert. es 1593

315/2/6.90

Deutschsprachige Literatur
Erstausgaben in der edition suhrkamp

Schwacke, Peter: Carte blanche. Erzählungen. es 1164
Söllner, Werner: Kopfland. Passagen. Gedichte. es 1504
Split: Apfelsinen im Hals. Geschichten. es 1558
Struck, Karin: Kindheits Ende. Journal einer Krise. es 1123
– Klassenliebe. Roman. es 629
Techel, Sabine: Es kündigt sich an. Gedichte. es 1370
Thank You Good Night. Herausgegeben von Bodo Morshäuser. Alle Fotos: Michael Strauss. es 1227
Treichel, Hans-Ulrich: Liebe Not. Gedichte. es 1373
– Seit Tagen kein Wunder. Gedichte. es 1610
Veil, Joachim: Die Wiederkehr des Bumerangs. es 1137
Vogl, Walter: Hassler. Frequenzritte eines Straßenkehrers. es 1182
Von nun an. Neue deutsche Erzähler. Herausgegeben von Hans-Ulrich Müller-Schwefe. es 1003
Wichner, Ernest: Steinsuppe. Gedichte. es 1493
Winkler, Josef: Die Verschleppung. Njetotschka Iljaschenko erzählt ihre russische Kindheit. es 117

315/3/6.90